馋了吗？
想发脾气吗？
去旅行吧！

[韩] 申艺熙　图·文　李悦　译

生活·讀書·新知 三联书店

图书在版编目（CIP）数据

馋了吗？想发脾气吗？去旅行吧！／（韩）申艺熙图·文；李悦译.—北京：
生活·读书·新知三联书店，2011.9
ISBN 978-7-108-03685-8

Ⅰ．①馋… Ⅱ．①申… ②李… Ⅲ．①旅游指南-世界
Ⅳ．①K919

中国版本图书馆CIP数据核字(2011)第036377号

责任编辑　王振峰
封扉设计　蔡立国
责任印制　卢　岳
出版发行　**生活·讀書·新知** 三联书店
　　　　　（北京市东城区美术馆东街22号）
邮　　编　100010
图　　字　01-2010-2866
经　　销　新华书店
印　　刷　北京盛通印刷股份有限公司
制　　作　北京金舵手图文设计有限公司
版　　次　2011年9月北京第1版
　　　　　2011年9月北京第1次印刷
开　　本　880毫米×1230毫米　1/32　印张 10.75
字　　数　100千字　图488幅
印　　数　0,001-8,000册
定　　价　39.00元

目录

香港 & 澳门

Hongkong & macao

西班牙

SPAIN

土耳其

TURKEY

泰国

THAILRND

日本

JAPAN

序

十多年前，我还是一个青春洋溢的女大学生，每天一点一点地攒钱，终于有一天，背着背包开始了为期一个月的欧洲之旅。那是我第一次旅行，所有的一切都是那么新鲜，我甚至没有时间考虑旅行的真正意义，一心只想着要把风景名胜全都参观一遍，每天四处乱转。忙啊，忙！没时间啊，没时间！最要命的是还没有钱。学生一个，吃麦当劳就可以了嘛，有时候买根长棍面包就可以打发掉一餐。

从那一次慌乱的首次旅行算起，时至今日，我已经完成了三十多次行程。我那不可治愈也不想治愈的旅行病啊！每当踏上一个陌生的新地方，我就心跳加速，满心欢喜！有些中意的地方，还忍不住去了又去。就这样，在一次次的旅行过程中，我知道了自己喜欢的是什么，想要的是什么。我喜欢的是摩肩接踵、大汗淋漓、人声鼎沸的地方。因此，我不去博物馆、美术馆，而专门逛起了当地的市场，而且要逛就逛老市场！香气扑鼻的水果旁边，挂着鲜红的肉食；刚刚打捞上岸的鱼扑棱棱直跳，把水溅向四面八方；当地人拎着口袋，吵吵嚷嚷地挑选晚餐食物。就是这样的地方，就在那里品尝那个国家那个地区的食物。用眼睛、用鼻子、用耳朵、用嘴，用全身心去体验那个国家的独特风情。不知不觉之间，一句土耳其语也不会说，我也能看得懂当地餐厅的菜单；看到西班牙语眼前一片漆黑，我也能高高兴兴地在市场里叫出食材的名字。看来，人还是要做自己喜欢的事情，才会满眼发光，满脸兴奋，满心幸福。

　　作为一个刚刚踏入社会的女孩，我在旅行途中犯过无数的错误，走过无数的弯路，这才找到了自己真正喜欢的事，也逐步在旅行途中找到了自己独特的风格。这不能不说是一大幸事。对于喜欢衣物的人来说，购物是旅行中最大的乐趣；对于热爱美术的人来说，观摩艺术品是旅行中最大的乐趣；对于爱热闹的人来说，结交朋友是旅行中最大的乐趣。人们各自热爱的那个东西大概正是旅行在他们心中真正的意义吧，希望各位也都能踏上自己充实而幸福的旅程！

　　　　　　　　　　　　　　　　　　　　申艺熙

Intro

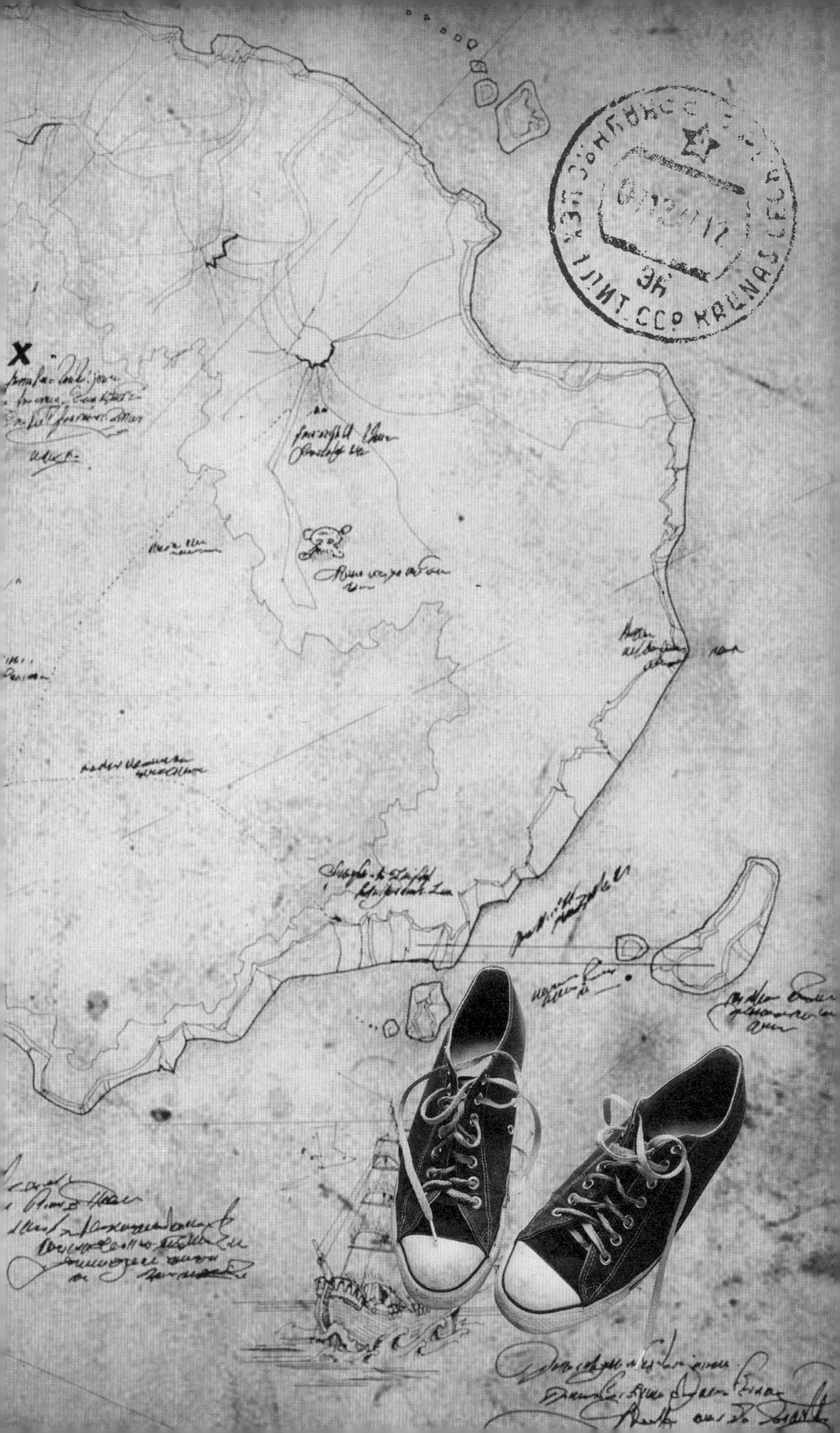

1

旅行的开始：飞机餐

　　盼星星盼月亮，终于盼来了这一天，要到大洋彼岸去旅行啦！不是说民以食为天吗？我狠狠地下定决心，要把握住出发后到回国前的每一分钟，大嘴吃八方，吃遍旅行地的所有美食。临行前还特地在网上查了个遍，细细搜索了当地著名的餐厅，光是打印出来的美食攻略就有厚厚一沓。可是不管下了多大决心要去尝遍天下美食，我们却不得不正视一个现实，那就是：每一次旅行都是从寡淡无味的飞机餐开始的："Beef or chicken？"（您是吃牛肉套餐还是鸡肉套餐呢？）

　　十多年前，我第一次坐飞机。那时候，飞机餐还算得上是美味佳肴。当时的我兴奋不已，拿着相机对着食物左拍右拍，最后还吃了个干干净净。不管是鲑鱼沙拉还是小块蛋糕，全都味道好极了！这可能也是第一次旅游带来的兴奋感导致的吧。可是随着旅游次数的增加，不知从什么时候开始，我一看到飞机餐就摇头皱眉，换上一副吃不惯的遭罪表情。太腻了，太咸了，太淡了，太老了……现在居然发展到因为嫌飞机餐不好吃，每次出发前都要在机场用餐区的赛百味三明治或是当肯甜甜圈饱餐一顿后才肯登机。不过尽管如此，当空乘人员推着堆满餐盒的餐车慢慢走向我的座位时，我仍然会不自觉地开始在心里盘算着到底要吃什么：Beef or chicken？哈哈哈！看来飞机餐依然是旅行的开始，也是旅行的传奇。

东京，大阪，上海……每次去这些邻近的城市，因为行程很短，飞机餐就会被简单的小食所代替，于是心里总会有些小小的不爽。而每次前往欧洲开始一段长途旅行时，就至少要在飞机上吃两顿饭，此外还有杯面、三明治等各种各样的小食供乘客享用。这又让人产生一种幻觉，觉得自己好像是被圈养在狭小经济舱里的动物。

说起来，飞机餐基本都是那老三样。不过不同的国家、不同的航空公司提供的餐点还是会有所差别，比较起来也很有意思。欧洲航空公司会好心地提供臭臭的奶酪块，飞机上配备的红酒种类也十分齐全。土耳其航空公司则令人印象深刻。因为受伊斯兰教的影响，机上从不提供猪肉制成的食物。不仅如此，还发给乘客每人一张公告，公告上画着一只猪，还打着一个红色的叉。有特色的航空公司又何止一两家，日本航空公司提供的飞机餐是寿司和小菜，小巧漂亮的外观足以获得最上相飞机餐大奖，当之无愧！可是要我说，最美味的飞机餐还是拌饭！碗里摆满各色蔬菜，新蒸好的热腾腾的米饭盛上一大碗，均匀地淋上芝麻油，再挤上满满一管辣椒酱，用勺子来回一拌，大大地盛起一勺放进嘴里。还有那热水一浇即可食用的速食海带汤，也是别有风味。邻座的外国乘客也许是出于好奇，都忍不住偷偷把这美食打量一番。哎呀，各位外国的哥哥姐姐们，不要只用看的

杯面好吃

一时好奇心起，点了犹太人洁食餐，那个味道我可不想再尝试一次了。

头一天喝的酒还没醒，隐隐欲吐，幸亏这小小的杯面救了我，嘿嘿。

要了白葡萄酒和菠萝汁，按照自己的口味调配成一杯独特的鸡尾酒！

土耳其航空公司的飞机餐因为宗教原因绝对禁止使用猪肉。

最美味的飞机餐还是拌饭，挤上满满一管辣椒酱，淋上芝麻油一拌，海带汤也一口喝光。

啦，快尝尝吧。多好吃呀！当然，有时候我也会对糖尿病患者餐、犹太人洁食餐、素食主义者餐之类的专用餐单无比好奇，也曾经不管三七二十一点来尝尝，味道却总是令我大失所望。算啦，这些也都是旅行经历啊。来，拍张照片吧！

啊，吃得好饱。喝下一杯热茶，喘口气，不知不觉间又想喝上一杯。本来乘坐飞机就很难安睡，正好借点酒意好好睡上一觉。不知道大家平时都爱喝什么酒，啤酒？威士忌？白兰地？葡萄酒？我一般喜欢要杯葡萄酒，再要杯果汁，精心调制一杯鸡尾酒。红葡萄酒配橙汁，白葡萄酒配菠萝汁或是苹果汁，都是非常好的选择。按照自己的口味调好酒，丢两三块冰块进去，舒舒服服地喝上一杯，慢慢地，一切心思都丢到了爪哇国，闭上眼睛会周公去啦！

迷迷糊糊地从睡梦中醒来，哇，终于到了目的地。让我们在回国的飞机上再相逢吧，传说中那让人欢喜让人忧的旅行飞机餐！

啦啦，鸡尾酒，

美味又免费。

吐

小心不要一下子在飞机上喝醉了。

11

2 全世界的星巴克粉丝

　　无论是在光化门路口还是三星洞街头，无论是在明洞中心还是人头攒动的市内一角，只要你停住脚步四处张望一下，总会有一家家大型咖啡连锁店的店面闯入你的眼帘：星巴克(Starbucks)，香啡缤（Coffee bean）！哎呦呦，多得都让人心烦。不过话说星巴克想当年可是个神奇拉风的地方。

　　时间回溯到2001年初。那时，我独自背着行囊游历新加坡。就在那里，我与星巴克初次相遇。哦耶！那些出国进修外语的朋友们口中所说的星巴克就是这个地方吗？看起来有些特别之处哦。在那里，我点了最大杯的冰摩卡，上面淋了厚厚一层鲜奶油，甜甜的；还买了一只印有大大的星巴克绿色标志的马克杯，小心翼翼地用衣服层层包好，装进行囊，唯恐把它磕了碰了。回国的时候，我满心欢喜。"我终于也去星巴克见识过了呦！"我得意洋洋地向朋友们显摆了一通。谁想到还没过一个月，梨花女子大学前那家规模颇大的星巴克1号店就开张了。我的那股得意劲也呼啦一声消失得无影无踪。现在说起来真够可笑的。不过在当时，去过星巴克可真被当做是件大事呢，呵呵。

　　从那以后，无论去哪个国家旅行，我都要进一进当地的星巴克。如果说是特意在旅途中有意而为之，那倒也算不上，只是时不时会怀念星巴克那永远不变的室内装潢和咖啡香气。西班牙那无数烟雾缭绕的酒吧，泰国那贩卖新鲜果汁的街头摊铺，土耳其那供人享受美味甜点的小店……这些虽然都很好，不过总会有些时候，会想念起那个熟悉的地方，那个可以让我们彻底放松休息的地方。仰坐在熟悉的木椅上，两只胳膊瘫在熟悉的木桌上，舒舒服服地一趴，活动活动被背囊和相机压迫得又酸又疼的肩膀，感觉就像在自家街道上的星巴克店里闲了一整天一样。慢慢地，浑身的筋骨都疏松了，疲劳感消失得无影无踪。出门在外的人有时候会对他乡的异域风情心生厌倦。有些人会在麦当劳里寻找家的熟悉感觉，有些人则会在汉堡王里寻觅故乡的气息。对于我来说，星巴克就是这样一个熟悉而又特殊的地方。

更神奇的是，在各地的星巴克店里，同一品种的咖啡味道全都一模一样：略带苦涩的美式咖啡，甜甜的摩卡咖啡，淡淡的拿铁咖啡……不过为什么味道都一样，在韩国咖啡的价格却要高出那么多呢？小心眼的我曾经为此愤愤不平过呢！

其实说起来，不同国家的星巴克还是有些许微妙的差别的。在西班牙，橘子树特别多，种满了街边路角。进了那里的星巴

星巴克，
心灵的故乡。

泰国曼谷考山路挂满华丽霓虹招牌的一角，圆圆的星巴克标志令人倍感亲切。

西班牙塞维利亚的星巴克，用一碟沙拉和橘子汁充当早餐。

都是花钱买的！

在星巴克打工吧

上海星巴克 T 恤

京都星巴克布袋

各个城市的马克杯

我的星巴克收藏，喜欢喜欢。

鲜榨西瓜汁，在香港可以喝到

在世界各地的分店都是同样的风格气氛，可令人放松心情。一边休息疲惫的双腿一边整理旅行笔记。

在土耳其安卡拉的星巴克喝到的鲜榨橙汁，啊，新鲜又美味！

克，一定要尝尝鲜榨橘子汁的味道。哎呀，真的是太好喝了！在购物天堂香港，可以独享收藏贴有时尚设计师设计标识的限量版碳酸水瓶的喜悦。听说有的国家的星巴克里会卖西瓜汁，还有覆盆子和草莓味道的奶昔，甚至还会卖清脆爽口的蔬菜营养沙拉以及凉凉的意粉呢。

就这样，在星巴克用一杯浓浓的咖啡驱散了旅行的疲劳。在再次动身出发前，如果喜欢，还可以买一个印有大大的当地地名的马克杯。还有那些小小的纪念品也都值得收藏。我曾经在上海的星巴克买过一件黑色短袖 T 恤，那年夏天一直穿在身上舍不得脱，因为 T 恤上印有星巴克的标志，很多朋友还嘲笑我是不是在咖啡店里打工。每次穿上它，就会回想起在上海的时光，心情就变得很好。

很多人会打开世界地图，细细察看，认真寻找，梦想着能去那未曾探索过的新大陆游历。我却时常打开星巴克的主页，细细查询世界各地星巴克店面的情况，继续着自己走遍世界的梦想。我是谁，在哪里……巴哈马分店？哇，必须去看看呀！秘鲁分店？等着，我来啦！

3

所谓徒有其表

想当年，我用打工赚来的那点少得可怜的钱第一次实现了自助旅行的梦想。那一次旅途中吃得最多的还是麦当劳和汉堡王。快餐食品嘛，价格便宜，味道也和韩国店里卖的差不多，多么实惠！又或者跑到面包房里，买一根长长的法棍面包，再来一大瓶矿泉水，坐在长椅上，不顾形象地大嚼大咽。嘴里嚼着又硬又韧的面包皮，有时候还会一不小心咬到舌头。想起那辛酸的场面，眼泪哗哗的……不对不对，这哪里是我梦想中的旅行！来到一个国家，不就是应该尝尝当地独特的美味吗？丢掉内心深处的羞涩吧！丢掉这不吃那不吃的口味偏好吧！让我们大胆地去体验当地的餐厅！我攥紧了拳头，毅然决然地呐喊着。不过就凭我腰间这几两碎银子，要去哪里才能找到一家餐厅，既好吃又不会让我囊中羞涩呢？这样的地方，我一个初来乍到、不熟悉当地情况的游客怎么可能会知道嘛！郁闷呀！也只有信步闲游，走到哪里算哪里了。不过就这样，我摸索出了一套自己的经验。

还记得当年在台湾九份去过一家餐厅。九份，您去过吗？这是一个独特的地方，是大帅哥梁朝伟出演的电影《悲情城市》的拍摄地。地处山地，可以爬上高高的台阶，俯瞰整座城市的景色。在台阶的两侧，挂满了闪烁的红灯，充满了异域风情。这里可是摄影的绝佳地点。当时，我沉醉于这独特的美景之中，举着照相机，拍了许久舍不得放下。不知不觉间肚子咕咕叫了起来，于是就开始寻找起吃饭的地方。吃点什么可以回去炫耀说吃到了好东西呢？我漫无目的地走在街上，迟疑着。最终，在好客的当地人的指引下，稀里糊涂地进了一家店。那家店的气氛，哇，真是好得不得了！不过吃的东西却……肉包子的味道奇怪得让人不敢细问里面的馅用的是什么肉，炒蔬菜里调味用的简直不是食醋而是盐酸。都不是人吃的东西呀！最后，我在菜单上看到一道菜用英文标着"鲜辣面"，点了一尝，原来是肉酱意面……没错了，我这个外国游客被当做冤大头狠狠宰了一刀。真是郁闷……

痛苦的回忆可不是一遭两遭。西班牙南部的塞维利亚（Sevilla），在街上接受着暴烈得吓人的阳光的洗礼，当时，我感觉自己像是要被蒸熟了一样，气喘吁吁，汗流浃背。天气又热，身体又累，肚子又饿，却总是找不到一处合适的用餐之地，整个人已经到了崩溃的边缘。就在这时，塞维利亚最著名的风景胜地阿卡莎城堡（Alcazar）前一处餐厅的广告吸引了我："当日特色：3 道菜 10 欧元！"二话不说推门而入。放下沉重的背囊和相机，略微落了落汗，一种不祥的感觉涌上心头："呃……好像进错了地方……"可是进都进来了，让我怎么有脸在众目睽睽之下再起身离去啊，只好默默地点了"当日特色"，唉声叹气地吃了下去。一小碟徒有其名的海鲜饭，像是已经在后厨搁了好几天；一小碗又酸又苦、淡而无味的凉菜汤……这段惨

冒牌海鲜饭，尝了一口我就攥起了拳头！

台湾九份的餐厅，肯定是用下脚料胡乱炖在一起弄了这么一碗出来。

有些烂餐厅专门建在游客密集的地方，西班牙塞维利亚的餐厅就是其中之一。

如何辨别是否优质餐厅：

❶ 像火车站附近的餐厅一样菜单繁复的地方？No！名胜古迹附近的餐厅大多数是这种情况。

❷ 餐厅的玻璃窗和招牌搞得花里胡哨，菜单也列得满满当当的地方？危险！真正的优质餐厅不搞这些照样高朋满座。

❸ 粗粗扫一眼店里，发现几乎没有一个当地人，全是游客在用餐？Pass！看看太阳镜、数码相机、地图、帽子这些东西就知道用餐的人是不是游客啦。

痛的记忆至今还历历在目。哎呀呀，我可是从宝贵的旅行经费中省出的这 10 欧元啊……

这种经历多来上几次之后，不管时间多么紧，心里多么烦，身体多么累，我的心里都死死地记住了一个教训，那就是：绝对不能随便吃东西了。不过说起来容易做起来难。在游客鲜至的偏远小村或许还可能做到，那些名胜古迹附近全被不招揽回头客、只骗外乡人的餐厅占据了。这种餐厅吃的东西差，服务也差，说起来真是一把辛酸泪。那么到底应该怎么做才能避免被这种烂餐厅骗到呢？在这里，我把自己在旅行中辛辛苦苦积攒下来的经验公之于众。

您会不会觉得我说的都是一些最简单最正常不过的道理？但是，这却是事实。只有不辞辛苦，不上这种地方当的人才是最终的胜利者。祝你们好运啦，饥肠辘辘的旅行家们！

4 最喜欢韩餐了

查验护照、机票，出关，逛免税店……啊，好激动，感觉好像已经到达了目的地一样！兴致勃勃地上了飞机，找到自己的位置坐下，我暗下决心：在国外旅行的时候还念念不忘地想吃白饭和泡菜的行为最老土了。我嘛，可要有国际化的口味。出国一趟就要把当地的美食吃个遍，这才不枉此行！

可是没过一会儿，空乘人员送上了饮料，接下来就到了飞机餐时间。我的嘴巴开始不听话起来。"您是吃牛肉套餐还是鸡肉套餐呢？还有拌饭可以选择，小姐。"拌饭？这个好吃哎！韩国飞机提供的拌饭可是举世闻名啊。不过可不能就这么被诱惑了。我要有国际化的口味！点了牛肉套餐，一口一口地嚼着那大块大块咬不烂的肉。邻座的外国大叔却眨着蓝眼睛，接过了拌饭。哎哟喂，大叔，那个海带汤可不是倒在饭碗里吃的！什么？您就挤出这么点辣椒酱拌饭吃？您要把满满一管都挤出来才够味嘛！还有芝麻油也要多倒些才好吃啊！我恨不得扑上去，亲自动手帮他一一办妥。不过还是忍住了。要矜持，矜持，放松，放松！

哇，终于到达目的地了！各种各样别具特色的异国风味全都那么合我的口味。东南亚那异香撩人的炒面，还有那热气腾腾的米粉，我连汤也喝得一口不剩。中国菜好吃啊！那些食材搞不清是什么也就不必再费心问了，塞进嘴里直接吃就好。意大利面呼噜噜扒下肚，装腔作势地切一切牛排也觉得美味非常。经费不足的时候，街边小吃就能当一顿不错的晚餐。和当地人一起，在面包房前排长队等候新鲜出炉的面包，坐在长椅上一口口吃下去也别有一番滋味。可是就这样尝遍天下美味，体重蹭蹭见长，在内心深处却渐渐有一股小小的思念情绪冒出头来。

　　一天晚上，在澳大利亚悉尼的一家青年旅舍，我早早上床就寝。睡着睡着，一股淡淡的味道飘入梦中，我顿时睁开了眼睛。不是吧，隔壁床的日本女人啊，你怎么在吸溜吸溜地吃韩国的农心方便面？哇，让我喝口汤吧！如果我这样恳求她会不会太失礼？咱不懂日本的礼节，也不好就这么冒失地开口求她。结果这女人一叠声地喊着辣，没吃几口就把这好好一杯泡面全倒在青年旅舍的厨房里了。真是令人发指！喂喂，我说，您这个从哪里买的？前面的小店？我趿着拖鞋跑去一看，哎呀，还真有韩国的杯面卖！买了大大的一碗辛拉面，直接闯进厨房，流着泪把一整碗

泡菜……

泡菜瘾
发作……

结束旅行回国的路上，在飞机上看到拌饭
顿时失了神。

在异国他乡的商店里偶然发现了杯面，
一时间热泪盈眶。来一小碟泡菜吧！

吃了个干干净净。

好吧，我承认了，我所谓的国际化口味在方便面汤儿面前溃不成军。

不过忍了几天，吃碗辣乎乎的辛拉面就热泪长流，如果去韩国人开的民宿或是韩餐厅，吃上一口味道不那么正宗的泡菜得多么激动啊（当然那贵得吓人的价格也同样让人激动）！虽然我时时把走遍世界寻找美食的话挂在嘴边炫耀，可是说到底，再也没有比韩餐更适合我口味的食物了。回国的飞机餐点什么？那当然是拌饭了，必须的！

MEMO

香港 & 澳门

永远人头攒动的澳门议事厅前的广场

咕 咕 咕

I LOVE CONGEE

热腾腾 热腾腾

Portwine，酒烈味甜！

气泡丰盈、口感柔和的 Mateus Rose

此外还有其他各式各样的葡萄酒

PORT WINE

MATEUS

洲际酒店大堂酒廊的下午茶，三层碟子里满满地盛着美食！

让我们暂时忘了卡路里热量去享受一下吧，再来一杯香气扑鼻的红茶！

浪漫梦想的极致：下午茶

甜蜜精致的蛋糕、巧克力，好喜欢！绘有花朵、水果、蝴蝶图样的精美骨瓷杯碟，令人垂涎三尺！我就是这样啦，虽然穿衣打扮看上去完全是一派村妞气象，可是内心深处却还"少女情怀总是诗"，装满了蕾丝飘飘、蝴蝶结飞舞的浪漫梦想。就让我穿上裙裾飞扬的礼服，端起精细的碗碟，举起闪闪发光的刀叉，去接近我的英国梦想吧！

真好吃

　　嘿嘿，这就是我的浪漫梦想。什么？您问我是不是所有女人都是这样？哎呀，这个我就不知道啦！不过我和我的闺蜜们在内心深处的某个小角落里，总有一种超龄老少女的情怀在涌动！这边两手挥舞炸鸡，畅饮肉汤，大块吃肉，大碗喝汤；那边却还浪漫萦绕心间，总想做一把淑女。

　　这所谓的下午茶，18 世纪中叶起源于英国，可以说是一种贵族文化。说起来，贵族二字和我是无论如何也扯不上关系的。不过咱也想体验一把上流社会生活，在铺有雪白餐布的餐桌边细细品味餐点。当然了，如果有可能，去英国当地体验是最有气氛的。不过如果不能成行，在离韩国比较近的香港应该也能领略到一丝贵族气息吧。长久以来，香港作为英国的殖民地，逐渐熟悉了下午茶文化。在高级酒店和特色咖啡店里，都可以一品为快。下午茶正如其名，一般供应时间是下午的 2 点到 6 点。记住了这些，咱们就出发了。

　　如果要问香港哪里的下午茶最有名，那当然还是半岛酒店的咖啡厅（The Lobby）。这里是全香港最早兴起举办下午茶派对的地方，其知名程度可想而知。在这里喝下午茶不接受预约，而且就算您卡着下午茶时间赶来也要吓一跳：不是吧，这队都排到哪里去了？大家不会都是为了喝个下午茶专门跑来排这么长的队吧？没办法，只好跟着排了。10 分钟，20 分钟，30 分钟……不然走掉算了？不行！那之前等待的时间不都白白浪费了吗？可是那些先来

刚刚烤好、还热气腾腾的司康饼，厚厚地涂抹上一层凝脂奶油，吃一口，嗯……"我是什么人，这里是什么地方啊？"

先得、占到好位子的人却不知道等位的人有多么心焦（或者是知道也装看不见），悠闲自得地享受着自己的下午茶时光。我怒火冲天地望着他们的后脑勺，瞪得眼睛里都要冒出火了，许久之后才等到了自己的位子。整整等了 1 小时零 5 分钟啊！

拥挤的等位长队，人声嘈杂，吵得我完全没有了品尝下午茶的悠闲心情。随便扫了眼菜单，点了下午茶套餐，饮品选了红茶。很快，3 道摆放在闪闪发光的碟子里的餐点和热气腾腾的红茶被送了上来。我的心情顿时好转了，看来美食真是能够抚慰人的心灵啊！来吧，终于轮到我了。排队等位的诸位，不好意思啦，从现在开始轮到我忘记时间、尽情享用下午茶了！

具有视觉冲击力的 3 套华丽餐点。传统的下午茶套餐就是由这些组成的。一起来看一下吧：

'Tea of Hope' 眺望之树下午茶

Selection of finger sandwiches 特式手捏三文治

Smoked salmon trout and dill sour cream in whole wheat bread
烟三文鱼及香草酸奶全麦包

Roasted beef and horseradish cream in rosemary bread
烤牛肉及辣根忌廉迷迭香面包

Marinated artichoke and tomato in full corn bread 鲜艾菜及番茄玉米粒吐司

Saffron, cauliflower and turkey quiche 红花、椰菜花及火鸡馅饼
Flaky mushroom pastry roll 酥脆蘑菇卷
Raisin and plain scones 葡萄干及原味松饼
Devonshire clotted cream 得温郡奶油
Strawberry jam 红草莓果酱

Yule log cake 聖诞柴烧蛋糕
Champagne mousse with mango 香槟芒果慕斯
Jasmine tea crème brûlée 茉莉茶炖蛋
Gingerbread truffle 姜饼朱古力
Christmas cookies 聖诞曲奇

Your choice of The Peninsula Tea Collection 自选半岛精选名茶

Chinese selection: Jasmine, Pu Er, etc or Ti Guan Yin

Classic selection: Darjeeling, Earl Grey, Peninsula Afternoon or Peninsula Breakfast

Flavoured selection: Almond, caramel, cinnamon, mango, passionfruit, peach, raspberry or va

Coffee is available on request 另备咖啡可供选择

每位 268.00 per person
每两位 398.00 for two persons

'Tree of Hope' Cocktails 眺望之树鸡尾酒

Glühwein 红酒热饮
Hot red wine and port flavoured with bay leaves, cloves,
cinnamon, nutmeg, ginger, orange, mango, lemon and sugar
热红酒一杯添加月桂叶、丁香、玉桂、豆蔻、生姜、橙汁、
芒果、柠檬及砂糖调配

① 看着就赏心悦目的漂亮糕点，吃起来
就更美味了。

② 糕点和三明治都会用当季食材制作而
成，因此菜单可能会随时调整。

③ 吃太多甜食就会腻，也吃点这咸滋滋
的三明治吧。

④ 半岛酒店的下午茶菜单，这可是圣诞
季限量版菜单，上面全是好吃的！

01：**最下面一碟（热的餐点）**：盛有热气腾腾的司康饼。把它一切为二，在上面厚厚地涂抹上一层凝脂奶油。这奶油是用专门提炼牛奶的脂肪层制成的，绝对的高卡路里食品。然后再厚厚地涂上一层甜美的水果酱，两片一合，大口大口地吃吧！司康饼要趁热吃才美味。要是吃得太急噎住了就喝一口红茶吧！

02：**中间一碟（咸的餐点）**：轻轻松松干掉一个司康饼，我转而向咸的食物进攻。中间的一碟里满满地盛着三明治、肉馅派、蔬菜派这些可做主食的重量级餐点。有三四种用熏制的鲑鱼、黄瓜、鸡蛋、火腿等材料做成的普通三明治摆在中间，旁边还有一些小的点心被叫做法式蛋烤派，此外还有迷你百吉饼、三明治等。所有这些都做得小小的，可以一口一只地吞掉。转眼之间，就全部被我消灭干净了。服务生，红茶再续些热水吧！

03：**最上面一碟（甜的餐点）**：呵呵，终于到甜点了！这些精致小巧、甜美可爱的蛋糕、巧克力呀，外形和味道都十分梦幻，真是讨人喜欢。在开动前先留张影吧。浓厚的巧克力慕斯，用板栗做成的香甜可口、入口即化的蒙布朗栗子酱，用各种水果精心拼制的水果馅饼，圆圆的、一口一个的手工制巧克力，等等。这些全部都是姑娘们的最爱。也正因为这样，喝下午茶总要约上三五闺密，边吃边谈才最开心。（各位姑娘，说实话吧，在男人面前肯定要比平时吃得少吧？嘿嘿嘿。）

半岛酒店的下午茶历史悠久，有着傲人的传统，不过与之相应的，慕名而来的食客也是川流不息。这样一来，气氛可能就会略差些。其实，除了半岛酒店，洲际酒店的"大堂酒廊"

也是个不错的选择。在这里，可以把自己深深埋在松软的沙发里，不用抬头就能透过巨大的落地玻璃窗欣赏近在眼前的蔚蓝海面。香港岛的全景就这样尽收眼底。最重要的是，这里不像半岛酒店那样人头攒动，喝个下午茶也要排长队等候！不过说实话，如果只

虽说是下午茶，量却很大，吃了到夜里也不会觉得饿。

甜食

咸食

哇哇！

女人的浪漫梦想

司康饼

是比较食物味道的话，我还是不得不把手中的一票投给半岛酒店。要气氛还是要味道，这是个问题！

　　不过这幸福的下午茶在价格上也着实有着不小的冲击力。双人套餐含税近5万韩元（约合300元人民币），一个人吃也要韩币三万多（约合200元人民币）。要说一句"下午闲了就去喝杯红茶"也还蛮奢侈的吧。不过其实茶点的分量还是挺足的，可以连晚餐都一并省了，这么一想其实也不算太过分。哎，我可是坐了飞机跑到香港来的呀！算来算去烦不烦！要浪漫，浪漫！

香港人非常喜爱面，清晨早起就
先吃碗面。

香港人，
爱面条！

圆润透明的鲜虾云吞面和热
的粥是最受欢迎的早餐。

早餐吃什么？

松脆的吐司配煎蛋，简单吃半个苹果，还是热腾腾地盛碗饭、喝碗汤？早晨起来一睁眼就饿啊……不对，准确地说，我早晨一般都是被饿醒的。对于我来说，早餐一定要吃得饱饱的，这样一整天才会觉得幸福。出门在外、旅行途中也是如此。只有吃饱了才有力气去四处转嘛！来吧，让我们用香港的早餐填饱肚子吧！

这里的人们每天早上都吃什么呢？也给我来一碗尝尝吧！

一大早，我的嗅觉器官就带领我出动了。沿着大路转了几圈，跟着香味，一路追寻来到一条狭窄的小巷。哎呀，开出租车的司机大叔们三三两两坐在一起，正在吃早餐呢。OK，找对地方了！我拉开一把塑料椅子和他们坐到了一桌。在香港，就连星巴克里都可以随处看到陌生人彼此合坐一张桌子的情形。这家店的菜单全部用中文写成，对于我来说无异天书，所以只有照着别人点的东西大概比画一番了："我要这个，这个，还有这个！"不久后，一碗热气腾腾的面，一盘简单的三明治，还有一杯奶茶被送了上来。在香港，人们喜欢一早起来就吃一碗面，面上还加有满满一层火腿、香肠、煎蛋或是五香酱肉这些丰富的浇头。真稀奇呀！相对而言，三明治反而比较平平无奇。哎呀，面好咸。喝一口奶茶吧，所谓奶茶，颜色厚重，乍看上去和牛奶咖啡并无分别。喝上一口，香浓甜美，可谓极品。清晨早起喝上这样一杯浓浓的奶茶，所有的瞌睡都被驱赶走了。我和朋友两个人把所有这些食物分而食之，算算价格，不过港币 39 元。

在香港，可以享用到如此价廉物美的早餐的地方被称做茶餐厅。有些茶餐厅是露天店，另一些则是租用了又旧又破的老店面。不管选择哪一种，都可以混在上班的人群中，一享吃早餐的乐趣。只要你能够战胜羞怯，坦然在众目睽睽之下用餐。

不过就此打道回府好像还有些意犹未尽。还是再尝尝香港人早餐食谱上的其他餐点吧。其实，在香港，最受欢迎的早餐还要算是粥和面。大概因为这两样东西制作简单，便于消化，而且价格低廉吧。很多餐厅都是一家店里卖这两种吃食。沿街走走，只要看到招牌上写着"Congee & Noodle"，或是"粥和面"，就可以推门而入，找位子坐下了。不过，哎呀呀，粥的种类怎么这么多啊。材料不同，名称、味道、价格全都不一样。一般来说，简简单单的白粥以及加入了牛肉、虾肉等熟悉食材的粥应该就是一般食客的不二选择了。但是对于我这种平时就爱吃牛小肠、肉汤、内脏汤，听到这些吃食在睡梦中都会激灵一下坐起来的人来说，加了猪内脏的粥应该更合口味吧。啧！这浓郁的肉香！和粥一起被送上的油炸小吃也别有风味。端起粥碗，豪气冲天地呼噜呼噜喝下去吧！如果更喜欢吃面食，还可以加一碗云吞面。鲜虾云吞的皮薄薄的，轻轻一按好像就要破开，馅料中还有虾肉，被包成三角形，和米粉、鸡蛋一起煮，

① 来一杯又浓又甜的奶茶代替咖啡。

② 呼噜呼噜吃碗面，在香港，到处都要拼座吃饭，让人有点不知所措。

③ 还是粥最好，好消化又美味。

④ 叫一碟筋道的肠粉，撒上辣椒粉，让人不由想起了炒年糕。

可以就着面一起呼噜噜吃下。面汤味道微咸，很像韩国人常喝的汤，令人备感亲切。

如果这样还是意犹未尽，那就再去尝尝肠粉吧。所谓肠粉是用非常细腻的米粉和水搅拌成粥一般稠度的糊状，然后在四方形的大蒸笼里铺上一层布，把米粉糊薄薄地淋在上面，待水分瞬间挥发后，迅速将米粉皮卷起，用刀切碎。米粉皮层层卷起后看上去很像洁白的打糕。把它盛在碟中，依据个人口味的不同，加入酱油或辣椒油。肠粉上满满地淋上一层鲜红爽辣的辣椒油，看着与辣炒年糕颇有几分相似，会让韩国人产生一种莫名其妙地亲切感，呵呵。再加上虾、牛肉、蔬菜等食材，就成了香港点心店菜单上的一道人气小吃，各位有机会一定要品尝一下。

好啦，早餐吃饱喝足，让我们继续不辞辛苦地踏上旅途吧！

这是炒土豆，还有这种点心啊，让人想起盒饭小菜的味道。

看着就让人心满意足。

真丰盛

各式各样

香港点心甲天下

　　如果拉住一个刚刚从香港旅行归来的朋友，向他请教在香港到底吃到了什么好东西，你十有八九都会得到一个相同的答案：点心！可见香港的点心是多么深入人心。点心，字面意思就是说在人的心里点了一下。优哉游哉地品着茶，蜻蜓点水般简单地品尝下食物，这是当地人的习惯。对于我们这样的游客来说，当然不能满足于蜻蜓点水的一餐了。既然点都点了，索性多点几下，留下个深刻的记忆吧！放开肚皮大吃特吃，这才对得起出游一趟的机票钱嘛。在起程前，我专门上网搜索了一番，还买来了旅行手册研究到很晚。哎呦！原来点心的种类有几千种啊。

蒸、炒、煎、炸、煮，各式各样的粥和甜食……啧啧，我能在香港把这些全部品尝一遍吗？香港点心所用到的食材和制作的方法一样复杂多样。猪肉、牛肉、鸡肉、蘑菇及各种蔬菜，还有海产品，这些基本的材料就不必提了。还有很多点心加入了一些让韩国人不太能接受的材料，比如鸡爪以及猪和牛的内脏，等等。如果适应能力不够强可能就要错过很多美味了。我么，倒是给什么吃什么的好胃口（真自豪），不过安全起见，还是先从备有英文菜单的大型连锁点心店开始吧！

找了个规模颇大的店家。这里店面宽敞，摆满了一张张圆桌。拉把椅子坐下，先从茶水点起。茉莉花茶？乌龙茶？普洱茶？我一般都会选择普洱茶，主要还是因为听说普洱茶能够化解中餐的油腻，就不由自主地被吸引了。还有将普洱茶和菊花茶泡在一起的普洱菊花茶，也是茶香扑鼻，令人回味。吃上四五道点心正好喝一口解腻，点心和普洱菊花茶的搭配可谓是梦幻的组合。没有尝过的各位，一定要点一杯了。

好了，现在可以正式松松腰带，投入到点心的海洋里去啦。还是先让我们羞答答地询问一下吧：请问有没有英文菜单？如果回答是 Yes，当然就容易多了，不过如果是 No 应该怎么办呢？什么怎么办，直接点呗。服务员会推着小车在各桌之间不停巡视，车上堆满了一碟碟蒸笼，里面盛着热气腾腾的点心。掀起蒸笼盖子察看了实物之后，就可以直接点那些中意的东西吃了。唉，这一车的点心，我都不喜欢！那可怎么办？哈哈，别着急。不同的餐车上的点心都各不相同，再叫来另一名服务员就可以了。我刚才不是说了嘛，点心的种类，多得能吓死你哦！

　　一整只圆圆的新鲜大虾被包在透明的饺子皮里，这是虾饺；用黄色的面皮把剁碎的猪肉和虾肉包在一起，再用红色的蟹子点在上面作装饰，这是烧卖；把猪肉用甜丝丝的调料腌好作馅填入厚厚的蒸包中去，这是蒸叉烧包；小心翼翼地用筷子夹起放入口中，轻轻一咬，包子里面鲜浓的汤汁就会流出来，这是小笼包；把和得很稀的米粉放在蒸汽上蒸成米糕，再加上鲜虾、牛肉以及蔬菜卷好，这是肠粉……肚子已经在不知不觉间饱了，可是看到没见过的点心，我还是贪心不足，不由自主地伸手下单。点心的世界真是令人沉迷其中，难以自拔！吃到中间的时候，不妨点几道甜点给嘴巴换换味道，这样才有力气再接再厉地吃下去啊。用黑芝麻做成羊羹状的芝麻糕，淡淡的，甜甜的，很不错；用松软的奶油制作的蛋挞，味道好极了；加入甜豆的糯米饼的味道对于韩国人来说更是非常熟悉，来一

① 一个摞一个的竹蒸笼，让人看着就高兴。
② 雪白暄软的馒头，蘸着甜甜的炼乳，一口吞进去！
③ 在餐厅里居然要自己动手洗茶杯碗筷。
④ 在点菜单子上盖上几个章。同样的点心，根据所用食材的不同，价格也会不同。

在高档点心店里，如果褐色壶嘴的壶空了，就用白色壶嘴的壶把水续满。

口吃掉吧！

在干净整洁的大型连锁餐厅里品尝了点心之后，总该鼓起勇气去那些本地人聚集的小餐厅挑战一番了吧。这一次我去的是声名久远的莲香楼。这家店始建于 1926 年，很了不起吧。每天清晨 6 点，莲香楼就开店，专门为早起上班的客人准备点心。我也是清晨一大早起床，顶着一双肿肿的眼睛就赶了过去。啊，谁想到还没到 7 点，排队的人已经这么多了！食客们在这里就像在其他普通的香港市民餐厅里一样，都相互合桌而坐。

点了茶之后，店员把餐具和茶杯丢上了桌。哎哎，这服务态度也太粗暴了吧！不过看看

小饭馆店员筛茶的架势有点与众不同吧，提着壶四处转，滚烫的开水举起来就倒。

别的客人，全都默默地各自动手，把餐具和茶杯放在破碗里，用滚烫的茶水烫一遍。大概就是因为餐具不那么干净，食客才会亲自动手洗碗筷吧。说起来，这也是大部分香港市民餐厅的一大景观。那么我也入乡随俗吧！

在莲香楼，不要说英文菜单，连简单的英语也说不通。所以总要耐心等候点心餐车经过桌边，或是直接站起来追着餐车跑，掀开蒸笼盖子，指手画脚地去点菜。来吧，鼓足勇气，勇往直前！只有这样才能吃到好东西嘛！无论从点心的外观、味

道、材料来看，这里都比不上干净整洁的大型连锁餐厅，而且很容易让人心生畏惧。不过，这里却有着一种传统的、朴素的魅力，在别的地方遍寻不到。更何况，这里点心价格低廉，可以放心点上一大桌，尽享品尝美味的快乐。这么想着，我就要动筷了。

　　五彩缤纷的点心世界。吃啊吃啊，吃到死也还是会有没尝过的点心。去香港之前，千万别忘了，一定要腾空肚子再去哦！

普洱茶和菊花茶同喝，有解腻的功效，喝了可以再多吃点东西哦。

香港的菜市场，满是水果、蔬菜、新鲜鱼肉。

中央露天市场的新鲜海产品，逛一圈市场，让人不由想动手做顿美食尝尝。

旺角的金鱼市场，金鱼的品种怎

熙熙攘攘的老市场

　　购物天堂香港！满是各式名牌的豪华购物中心自然很好，风格明快的超市也不错，不过最好的当然还是老市场，去香港的话一定要去看看。这里是全香港最热闹也是最脏乱的地方。

　　那么以前这里究竟有多么脏乱热闹呢？

　　让我们举起相机出发吧！

旺角
Mong Kok

从地铁旺角站出来。

再走一点就能看到市场！

很近的.

49

坐地铁在旺角站下车，再稍走一段路，就可以看到路边熙熙攘攘的露天老市场。这里被叫做广东道市场。其实在香港，无论是油麻地还是中环这些地方都有老市场，为什么我们偏偏去旺角呢？理由嘛，嘿嘿，就是因为旺角这个地方本来就是一个大型的市场！很久很久以前，一群从中国内地到香港生活的人聚集在这里，他们没有什么雄厚的资

逛市场的时候如果饿了，就要碗面或者叫份炒饭尝尝。

广东道市场风景，看上去很温馨呀

水灵灵的竹笋和豆角，
看着就觉得满足。

来到香港，一定要尝尝橘子，散发着
与众不同的清香！

本，只好在大大小小的市场里谋生。就这样形成了当年旺角地区的小市场。时至今日，这里已经改头换面，成为让本地人和游客们流连忘返的地方。时间真是一剂良药。

　　香港的老市场其实和我们熟悉的市场一样，大体可以分为蔬菜水果铺、肉铺、海鲜铺以及腊味铺四大区域。让我们先从蔬菜水果部分开始吧。

　　在韩国被当做昂贵的进口产品的各种热带水果在这里却堆得满满的，让人光是看就觉得心满意足。哎呀，这里的姜怎么这么大块？有两块就够吃一冬天了。还有中餐菜色中不可不提的

竹笋，以及碧绿的菜心，堆得四处都是。哇，这橘子看上去真新鲜。要不要买上一袋子，边逛边吃啊？

吃着甜滋滋的橘子，突然来到了一排肉铺前。这里和韩国市场里的肉铺完全不同，弥漫着浓厚的生肉味道。牛、鸡、猪等动物的肉按照不同的部位分好，赤裸裸地陈列在眼前，初看上去颇有些吓人。不过习惯之后，我们也兴致勃勃地参观了一番。店铺的一面是生肉，另一面是用调料腌制得红彤彤的烤肉。让人心里暗自盘算：这个买来，配上杯啤酒，做下酒菜倒是很不错嘛！除

新鲜的鱼扑棱棱地把水溅得四处都是。

市场里有很多新鲜食物，这才是平凡人家生活的景象。

了这些，这里还有很多我们不认得的食材。

离开了肉林，我们又来到了海鲜和腊味的世界。平时看惯了在大商场和大超市里被冻得硬邦邦的鱼，突然一下子看到活蹦乱跳的鲜鱼被人一刀下去三下五除二剖开分解，哎呀，我的小心脏扑通扑通直跳！嗯！这个撒上盐烤烤吃肯定味道好极了，哈哈哈！看着身边的香港主妇们拎着袋子和钱包挑选食物的样子，我不由一时之间也心生羡慕，想要在此地逛街买菜洗手做羹汤了。

走出熙熙攘攘的广东道市场，不一会儿就会看到路边无数的花店。我们来到了花市。这里是金鱼市场，四处挂有透明的袋子，里面养着金鱼；这里也是鸟市，远远地就可以追着鸟的叫声一路找来。肚子饿了的时候可以去路边的中式点心铺、果汁摊，还有那些粥面店，大快朵颐，恢复体力！如果还有力气，可以走到油麻地那边的玉市场去看看，那里有很多卖玉器的店面，让人能够一饱眼福。

这就是香港的老市场，在这里可以尽情领略真正的香港饮食文化，让人逛起来永不疲倦！

市场里的食物别有一番滋味。

便宜美味分量足！

刚刚做好的煲仔饭，淋上酱油汁，那滋味……

据说煲仔饭要用炭火煲出来才够滋味。

香港也有石锅饭?

　　语言不同，相貌不同，文化不同，虽然所有的一切都各不相同，这个世界却还是一体的！搭乘飞机来到远远的异国他乡，却奇妙地遇到我们熟悉的事物，那真是叫人喜出望外。听着葡萄牙古镇的传统音乐，心头感受到一缕浓厚的乡愁；看到阿根廷的探戈，也不由想起韩国的驱煞舞。何止如此？美味的食物也都传达着相似的感情。在香港的夜市里品尝到的石锅饭——煲仔饭正是如此！天哪，香港也有石锅饭！

要贪便宜就要不辞辛苦。我们的冬日香港之行正是如此。人与人的兴趣爱好不同，想去做的事情自然也不一样。对于我来说，最希望能够了解当地的美食。说起香港，当然会想到点心还有中餐菜肴，不过应该还有些更加独特的食物吧？这么想着，我不断拖动着手中的鼠标。这时候，一个东西闯入了我的眼帘。那就是热气腾腾的香港石锅饭——煲仔饭！

那么是不是去到香港就一定能吃到煲仔饭了呢？也不是哦。当然要找到卖煲仔饭的店家

黄色的石锅，和韩国黑色的石锅颇不相同吧。

了！要在那些市场，特别是夜市，才经常可以品尝到。我在诸
多夜市中偏偏对女人街的名字情有独钟，那就去这里吧！虽然
早餐、中餐、晚餐外加零食已经把肚子填得饱饱的，不过在夜
市里东逛西逛一番之后，不免又饥肠辘辘了起来。更何况时近
年尾，香港天气微凉，正是大快朵颐、一尝热腾腾的煲仔饭的
好时候！

香港的夜市文化十分发达，人们在晚上反而比白天更神采奕奕哦。

香港的石锅与韩国黑色的
石锅不一样，是淡淡的黄颜
色。石锅上盖着厚重的盖子，
放在火上做出美味的石锅饭。
传统的做法是用炭火慢慢煨
熟，不过现在简单起见一般会使
用煤气炉火。没办法了，炭火用起来
毕竟不那么方便。食客可以在鸡肉、牛内脏、猪内脏、鸽子肉、
中式香肠等各种各样的材料中挑选自己喜欢的，放在饭里一起蒸
熟。因为要用慢火烹制，所以一般要等 20 分钟左右。哎呀，只
好坐立不安地耐住性子等待啦。

终于上桌啦！煲仔饭！里面有剔掉骨头的鸡肉哦。不过这
滚烫厚重的锅盖要如何打开呢？就在我犹豫不决之际，店员大
妈呼地一声，徒手掀开了锅盖。只见饭上面铺有一层蒸熟了的
食物，包括肉类以及小白菜等青菜。这时饭还没有调味，要根
据自己的口味自取桌上的酱油和酱来拌饭。一般来说，酱没有
酱油那么咸，用它淋在饭上就可以了。不过老食客们会在淋上

酱之后重新盖上锅盖再焖一会儿。一边吹着气，一边小心翼翼地吃着石锅饭，还大口品尝蒸熟了的鸡肉，不知不觉间一锅饭就见了底。一定不要忘了在最后用勺子刮下锅上的锅巴吃哟，那可是最美味的！

石锅饭的价格根据加入材料的不同会有所变化，我吃的鸡肉煲仔饭要 35 港币。点心店里面一般也会做几种煲仔饭。如果您没有找到专门的煲仔饭店铺，也可以去点心店里一探究竟哦！

美味的鸡肉煲仔饭，很烫的，吃的时候要小心再小心！

折磨过很多人的香菜，不过适应了之后就会发现，这家伙真的很美味啊！

一亲香菜芳泽

香菜，在韩国被称做苦荽，在中南美被称做 Cilantro，在法国被称做 Chinese Parsley，在泰国被称做 Phak Chi，在印度被称做 Dhaniya。说起香菜，很多人会说它味道奇特、古怪，还有人给它安了无数可笑的罪名。很多人在东南亚旅行时尝到了加有香菜的食物后备受煎熬。读者朋友们，你们对香菜印象如何呢？我嘛……我可是很喜欢的哦，喜欢到了离不开它的程度！

在韩国的时候，如果要去韩国的越南或是泰国餐厅，我一定都会连声叫服务员多送些香菜，全部加入菜中，这才吃得过瘾。哎呀，那个香啊！

读到这里，应该会有很多人对我又气又恨了："是呀，你能吃香菜可真好。"嘿嘿，其实，一开始我也很不喜欢香菜呦。还记得第一次去泰国旅行的惨痛经历。在泰式咖喱中看到了这绿色的叶子，就毫无顾忌地一口吞下，结果忍不住又一口吐了出来。我说这又不像香皂又不像洗涤剂的味道算是什么呀，这种草能给人吃吗？那个时候的我对香菜一无所知，深恶痛绝。不过人嘛，是能够很快适应新鲜事物的！第二年，我去了澳洲旅行。途中突然想喝口热汤，于是误打误撞地进了悉尼的一家越南米线店。谁知这里的米线里撒满了切得很整齐的香菜。我只好流着泪一口喝了下去。嗯？奇怪的是这一次并不觉得恶心了，反而感受到了那奇妙的香味！在那之后，我在其他国家旅行的途中好几次误中地雷，吃到了香菜，慢慢地对这个东西熟悉了起来。就这样，我和香菜之间的缘分一直延续到了今天，成就了一段美妙的故事。

您问我和香菜搞那么亲热有什么好处？一言以蔽之，就是

① ② ③ ④

① 加了很多猪内脏的美味面条，很筋道啊！
② 百叶和小肠煮熟，洒上辣椒油，就是一道营养美味的街边小吃。
③ 用猪耳朵做的点心，别有一番风味。
④ 又美味又健康的香菜，带你走入味觉新世界。

干吗呢？

一颗！

这丫头，辛辛苦苦给她做好紫菜包饭。

小的时候，我一点胡萝卜也不吃，为此可没少挨老妈骂。

旅行中不会受那么多苦啦。事实上，很多国家的人们在做菜的时候都会加入这种味道奇妙的香草。泰国和越南这些东南亚国家就不必说了，中国人在做菜时也是大把大把地加香菜。此外，土耳其、西班牙、墨西哥的食物中也都少不了这东西来调味。旅行途中很难预料这家伙会在哪里吃什么的时候跳出来。所以还是亲近一下为妙。虽然第一印象可能不够好，不过接触时间长了就知道这香菜也不是什么坏东西。请大家多多品尝，慢慢熟悉它的味道吧！

其实说起味道奇怪的东西又何止香菜，像猪内脏啊、猪耳朵啊这些下脚料，外观和味道都很奇怪，一开始的时候肯定不适应。还有那皮毛都没剥下来就被挂在肉店的兔子，又怎么样啊。还有羊羔脑，那上面的纹路还一条条地清晰可见哩。还有堆积如山的蜗牛，还一下下在动哩。这
个世界上奇特的食材可真是数之不尽。
如果我们全都嫌它恶心，那可是对奉
这些食物如美味的当地人大大的不
敬！让我们用眼睛、用耳朵、用鼻子、
用嘴巴、用心灵去感受这一切吧，这是
旅行馈赠我们的礼物。我们所需要做的就是打
开心扉，尽情大吃！

适应了香菜的味道，就能够走进一个味觉的新世界。

现在我也喜欢吃胡萝卜了呢。

表面烤得金黄发褐色的澳门蛋挞。

鸡蛋、生奶油、砂糖、黄油、等等。

家传秘方：神秘的搭配比例

sugar

香港蛋挞颜色更浅，表皮有点像心，这一点与澳门蛋挞不同。

只融在口的蛋挞

"我去了香港旅行！"这可是件值得双手叉腰、得意洋洋地向身边朋友炫耀一番的事情。让人羡慕的感觉真好！香港是所有人都热爱向往的旅行胜地，这里是购物的天堂，有无数景观，但是最关键的是，这里是美食的天国！更何况从香港出发，坐渡轮只需要一个小时就可以到达澳门。一次出行游览两个城市，真是笔划算的好买卖。没错，澳门的美食也要放开肚皮一次吃个够！说起来，澳门的美食可丝毫不逊于香港。要是掰着手指数一数的话，恐怕多给我几只手也数不完呢。

如果一定要从诸多美食中挑出一样的话，那肯定是又酥又热、焦黄甜蜜的蛋挞呀！

澳门作为葡萄牙曾经的殖民地，给人一种将中西文化巧妙融合的感觉：装饰美丽的教堂、小巧精致的议事厅前地广场……食物也是一样，传统的澳门饮食文化和葡萄牙饮食文化融合在一起，形成了一种奇特的澳式葡餐。今天我们故事的主角蛋挞正是殖民地时期不远万里跨海而来的食物。它当年是在葡萄牙的修女院里被发明的，甫一出世就备受欢迎，于是开始大量制作销售。所得利润被拿来做慈善事业。修女们做的真是一件善事呦。

废话这么多，还是让我们一吃为快吧！走在澳门的街上，处处都可以买到热腾腾、甜蜜蜜、酥脆脆的蛋挞。不过既然要吃就要吃最出名的那一家！在议事厅前的广场和里斯本酒店之间的小巷里有一家名叫玛嘉烈（Margaret's Cafee Nata）的人气蛋挞店，无论何时都会被本地人和游客们挤得人满为患。端着刚刚烤好出炉、还滚烫滚烫的蛋挞，好不容易找到位子坐了下来。蛋挞口感酥脆，散发着浓郁的奶油香气，里面满满的是嫩黄色的蛋乳。这蛋乳如果简单地用鸡蛋制成的话，烤熟之后就会有鸡蛋的腥味，所以要用蛋黄、生奶油、黄油、砂糖搅拌

虽然已经是深夜时分，不过还是让我们放下心理防线，品尝这甜蜜滋味，忘记卡路里吧！

在一起，以绝不外传的巧妙比例进行调制，这样才能制成美味的蛋乳。把这蛋乳在蛋挞上涂满，重新放入烤箱，再微微烤制一下，蛋乳的表面就变成了褐色，并且像个盖子一样变得硬了起来。吹吹热气，小心翼翼地咬一口，酥脆的蛋挞皮和甜美的蛋乳在口中掀起了味觉的舞蹈。哇，这味道配上咖啡简直绝了！于是再点上一杯浓浓的咖啡一起细细品尝。虽然耳边不断传来"高卡路里！要长胖了！"的哀怨之声，不过还是让我们暂时忘掉减肥的重任吧，能吃到这种美味的甜点就算长胖也不冤枉啊。

① 一整天店里都人头攒动的人气点心店：玛嘉烈。

② 在这里，除了吃蛋挞之外，还可以配上布丁、果汁、奶茶等饮料一起吃。不过就搭配效果而言，最好的还是咖啡！

③ 蛋挞在快餐店也可以轻松找到，不过既然来了澳门，还是要去玛嘉烈。

其实蛋挞据说在香港也有很多。像肯德基这种连锁快餐店的甜点单上也有蛋挞的位置，可见它多么受人欢迎。不过香港的蛋挞和澳门多少有些不同，澳门的蛋挞口感酥脆，外皮很薄；香港的蛋挞就很厚实，微微有些韧劲，而且港式蛋挞的蛋乳表面也没有经过单独加热，一般都是湿乎乎的感觉。不过港式蛋挞没有那么油腻，感觉上卡路里含量没有那么高，留给人一丝虚无的希望，这可以说是它的优点。此外还有在蛋乳中加入巧克力奶的，大家一定要都尝一尝，比较一番！

备受欢迎的甜品店玛嘉烈。

用餐时间店里会非常拥挤，还是避开用餐高峰去比较好。

听我的，没错！

在澳门街边路角都可以看到这着油光的肉脯。

被一把火烧得干干净净、只剩一个前门的圣保罗大教堂。

这后面就什么都没有了，真虚无。

啧啧

嘴里大嚼试吃的肉脯

吃着美味的澳门肉脯，晃晃悠悠地闲逛，真好！

澳门名产：肉脯

　　深深的红褐色，硬硬的又有韧劲的口感，咸咸的味道，这是一种风干的肉干，吃起来咯吱咯吱的。在澳门，就可以吃到这样的肉脯：散发着炭火烤肉的迷人香气，软软的，韧韧的，Oh, my God！

　　澳门肉脯带给我们的就是这种完全不同的崭新感觉。让我们向之前吃过的肉脯们说声再见吧。肉脯们，拜拜啦！

　　不知道您有没有去过澳门那座圣保罗大教堂，就在观光业的中心议事厅前的广场后面，这座教堂是用石头建造的，除了前门部分，其余均已在火灾中烧毁了，现在只留下了一个伤感的遗迹，这就是大三巴牌坊。通往这里的道路两旁到处都是肉脯店，我把这条路叫做"肉脯之路"。一开始我还想原来澳门也有炭火烧肉啊，这味道和烟雾让人不由自主地想叫上一杯烧酒喝上两口。道路两边一字排开两溜店铺，每家都有店员在路边招揽生意。走进前去一看才知道，原来不是炭火烧肉，是炭火肉脯！店员招呼着游客过来品尝，手脚麻利地递上一片过来，原来这就是肉脯了。说实话，光看外观这肉脯可并不讨喜。深红的颜色，还泛着油光，看上去颇有些吓人。不过店员二话不说就用剪子剪下一角递给了我。放进嘴里一嚼，我这个追随肉如同追随真理的肉食主义者顿时感动得热泪盈眶，一颗心被这味觉的波浪席卷了去……

　　澳门的肉脯与韩国的不同，不是那种已经包装得整整齐齐地摆放在便利店或是超市里卖的东西。在澳门，每一家肉脯店都会一张一张地亲手在炭火上烤制肉脯。澳门的天气本来就非常闷热，还要在炭火前烤制肉脯，这份辛苦真是难以言喻。我会好好品尝的！

　　肉脯的种类也有很多，有猪肉、牛肉、鸡肉等等。此外调料的味道也各自不同，有甜味酱料、咸味酱料以及辣味酱料等等。顾客可以根据各自的喜好选择不同的口味。肉脯的肉质非常好，我甚至在想可以拿它做一道菜，配上一碗热腾腾的米饭就是一顿美味。要不然包在菜叶中吃好像也不错哦。那些硬邦邦的、需要一副好牙口才能下咽的肉脯啊，曾经为了你们牙酸舌痛的日子一去不复返啦！

　　游客们可以穿梭于不同的店铺之间，尽情试吃各式各样的肉脯。不同的店铺所出售的肉脯的肉质和调料的味道都有所不同。什么？您终于挑到自己中意的肉脯了？那就请动用简短的英语和肢体语言向店家说明"我可是要带着它坐飞机的"，这样店员就会帮你把它用干净的密封包装封好。另外，肉脯在免税店里也有的卖，您大可以等到回国之前在机场买。

肉的种类以及调料的种类各不相同，肉脯的味道也多种多样。

① 澳门的肉脯是用炭火现场烤制的，香气扑鼻。

② 客人可以尽情试吃，比较了味道之后再慎重地做决定。

③ 香港的"美珍香"店里永远是人山人海，这家连锁店店面很干净。

④ 除了肉脯，还有各式各样的传统小吃，挑一些回国送人也很好。

不过免税店里买的可不是刚烤好的肉脯，您可能就无法体验到那种松软又柔韧的口感了。这一点还有些遗憾哦。

　　在距澳门不过一个小时船程的香港据说也可以买到味道差不多的肉脯。总店设在新加坡的著名肉脯店"美珍香"（Bee Cheng Hiang）在香港也有分店！美珍香肉脯已经成为了馈赠亲友的名品，可以说无人不知无人不晓。如果说澳门的肉脯店作风豪迈，保持着一派市场店铺的传统，那么美珍香的店面就更为整洁干净，包装也更为精美，非常适宜买来送人。要不要多买一些回家分好了送人，讨家人朋友的欢心呢？不过说不定在送人之前，我自己就都已经吃掉了啊！

这位店员在用超光速粉碎杏仁，然后加入点心中。

杏仁饼完成！味道纯正单一，配上一杯香茶一起享用。

香浓酥脆的杏仁饼

　　我们这一次又要介绍什么美味的食物呢？在澳门，与蛋挞、肉脯齐名的小吃就要算是杏仁饼了。不提一句可是说不过去的哦！其实在去往大三巴的路上，沿途的店铺中除了可以买到肉脯，还可以买到杏仁饼！杏仁饼店铺的店员们会端着装满点心的柳条盘站在店门口，不断地招呼游客前来试吃。所以要找杏仁饼店铺并不是什么难事。

配绿茶、
配红茶都很好。

配咖啡一般。

这刚刚烤好出炉、还热乎乎的杏仁饼洁白圆润，上面还刻着东方传统的花纹。味道怎么样呢？放一块入口，轻轻咀嚼，杏仁特有的香浓味道随之溢出。杏仁饼是用非常细腻的粉末制成，就像直接把粉末堆在一起砌成的一般，非常酥松。哎呦，嗓子糊住了啦。不过各家的店员都在推销自家的杏仁饼，我说不得也要都尝一下才好。其实每一家的杏仁饼也都有微妙的不同之处。有些店里的杏仁饼纯粹是用细腻的粉末制成，有些店里则在饼中加入了脆脆的杏仁块，嚼起来十分筋道。啊，这香浓酥脆的味道，就算被噎到也还是让人不忍住口啊！

　　制作杏仁饼的主料当然是杏仁，此外还有花生、松子这些坚果。把这些材料研磨成非常细腻的粉末，然后加入一点点面粉，搅拌成糊状，倒入准备好的模具中。这样模具上的花纹就会被细腻地刻画在点心上。然后把模具放入柳条编制的大托盘，放在炭火上微微烤一下就好了！点心的颜色能够保持洁白正是因为烤制的时间非常短。因为没有加入鸡蛋、食用油这些东西，而只是使用坚果制成，所以烤制之后很容易碎掉。如果买去做礼物用的话一定要轻拿轻放！

　　杏仁饼中因为加入了大量的坚果，所以味道不是很甜，非常清淡，可以说是健康食品。而且很多店家都向顾客公开制作的过程，让人吃起来十分安心。与那些在市内广场上卖的点心相比，这里的杏仁饼肯定是不二的选择了！配上一杯热热的绿茶或是红茶吃都很合适，颇有一种古风蕴藏其中。

　　此外，这些自制自销杏仁饼的店铺还会卖许多其他的小吃，最有代表性的要算是鸡蛋卷了。把调得甜甜的鸡蛋糊在滚烫的铁板上刷上非常非常薄的一层，在上面涂上一层香料让它变得微咸，然后把晾干的猪肉脯放进去，巧手把它卷好就制成了。参观制作过程的时候，点心师傅那精妙的手艺让我们全都目瞪口呆。鸡蛋的甜味和猪肉的咸味美妙地融

试吃用的点心都盛在栳条盘里，可以随便品尝。

加入了猪肉脯的独特的传统点心。

吃点心喉咙发干的时候就来一杯澳门名产新鲜水果汁吧。

耶！

尝尝

这里四面八方都是招呼客人试吃的店员，很棒。

合在了一起，让人吃起来就停不了口。此外，还有熏制的鱿鱼、酥脆的炸鱼片等等。大概是因为曾经长期被葡萄牙人占领的原因吧，澳门的小吃完美地体现了东西结合的特点。

其实，杏仁饼等各式各样的传统小吃不仅在大三巴附近有卖，在澳门市内也都非常容易买到。不过最著名的店铺还要算是"咀香园"。这家店在澳门市内就有好几处分店，在澳门机场也有专门的免税店，可以说是最有人气的店铺！店内有不同价格和不同种类的小吃套装，非常适合买来送人。

附加信息：
853-2835-5966
www.choi-heong-yuen.com

不过说起来，试吃了这么多杏仁饼，嗓子不免有些发干。有没有什么喝的东西呢？要不要买瓶水喝？哎，倒不如再品尝一下澳门的另一名产——新鲜果汁吧。把各式各样的热带水果用搅拌机全部搅碎，盛入杯中。这样一来，果汁中满是一块块的水果肉。举着这么一杯果汁游遍澳门的大街小巷可是一件很惬意的事情。您可千万不要错过呦！

在香港和澳门，无论在哪里，人们很自然就会拼桌而坐。

实地很冷清的议事厅前的广场，照出的照片反而很漂亮。

冷柜里装满了洁白的牛奶布丁，很快就会卖得一个不剩。

绵滑的牛奶布丁

　　澳门的美味名产小吃数不胜数，接下来就让我们去品尝牛奶布丁！光听名字您就知道是什么东西了吧，物如其名，正是用牛奶制作的布丁。颜色洁白，口感绵软，味道好极了！从澳门议事厅前的广场靠内的方向稍稍往里一走，向左边看去，就能看到一家招牌上画着奶牛的店面。虽然画着牛，不过这可不是家肉店哦！

这家店就是有着悠久历史的牛奶布丁店"义顺牛奶公司"。这是家名店，有着最悠久的制作牛奶布丁的历史。里面果然是人山人海，还是要考虑和别人拼桌而坐的。最受欢迎的当然还是牛奶布丁，松松软软，洁白如雪。顾客可以根据个人喜

好要求制作热布丁或是凉布丁。我个人还是喜欢凉布丁，最爱它冰凉清爽的口感。牛奶加热之后多少会有些腥气，变得有些腻人。那就来一口凉布丁吧，让记忆中全脂牛乳的香气在口中蔓延！

　　不远万里一路找来，就吃一碗布丁不免有些冤枉吧。这一次让我们来尝尝姜汁布丁！姜汁布丁是用生姜和牛奶调制在一起制成的。听着好像有些奇怪，不过吃起来味道却非常好。我点的是热的姜汁布丁，吃起来能够感受到牛奶的甜蜜和生姜的微辣，二者巧妙融合，带给人优雅高贵的味觉享受。喉间那微辣的感觉啊！另外我还点了鸡蛋布丁，布丁中加入鸡蛋，颜色变得微黄。不过鸡蛋的味道太重了，有点喧宾夺主，吃上去有

点像甜的蒸鸡蛋嘛。不过各人有各人的口味，喜好肯定也会各自不同啦。

义顺牛奶公司制作牛奶布丁的手艺已经四代相传。因为太受欢迎，甚至成功发展到了香港，开设了五六家连锁店。这对于那些没有时间来澳门的香港人来说无疑是个好消息！

不过这牛奶布丁再怎么说也只能算是甜点，吃再多也算不得一顿饭。还是要在附近好好吃顿饭之后再来，才能全身心地去感受布丁那爽口的味道。其实在义顺牛奶公司旁边就有一家有着悠久历史的云吞面店，可以称得上物美价廉！这家叫做"黄枝记"的面馆开业于1946年，是一家人气店面，在香港开

面条要一口吃掉！

深得我心的姜汁布丁，微辣的香
气和绵软的牛奶的美妙结合！

有分店。这里最有名的食物当然是云吞面，在面中加入了小巧的云吞，馅料鲜嫩多汁，包有鲜虾和猪肉。面汤中加入了虾米，味道鲜美。据说在名目繁多的菜单上最受食客欢迎的就是这道鲜虾云吞面了。不过既然来澳门一趟，只吃这一道云吞面也未免冤枉。让我们索性再多挑战些菜单上其他的菜色吧。还有炒饭、炒面、炸面等等哦！

就这样，饱饱地在云吞面店里美餐一顿之后，再来一碗香甜绵软的牛奶布丁作甜点，这一顿饭堪称完美。澳门，我越来越喜欢你了哦！

一个人豪气冲天地说：这个如果卖到韩国去，一定大受欢迎！

要不要开家专卖店？

不过没有钱啊。

以葡萄牙漂洋过海传过来的菜色：沙丁鱼沙拉。一点都不腥，很好吃。

土豆和蔬菜做成的热汤，配面包一起呼噜呼噜吃下。

气泡丰富、口感柔和的 Mateus Rose。

此外还有其他各式各样的葡萄酒。

Portwine
酒烈味甜！

PORT WINE

ROSE

MATEUS

何谓澳门葡国菜？

　　澳门无论是建筑的样式还是宗教文化的氛围，都深受葡萄牙文化的影响。当然在饮食文化方面也不例外。前面我们也都说了，像甜蜜酥软的蛋挞就是从葡萄牙漂洋过海传到澳门的。不过即便是曾经的殖民地，也不可能一成不变地接受别人强加于自身的饮食文化。就这样，将传统的澳门食物与新传入的葡萄牙食物两相融合，就出现了独特的混合产物。不远万里来到东方的欧洲人在怀念家乡食物的同时，利用澳门当地的食材精心烹调研制出了家乡味道的菜肴。于是，东西方文化在餐桌上达到了完美的融合，这也就形成了我们所说的澳门葡国菜。

还是让我们这就举起手中的刀叉，对着餐桌上的盘盘碟碟品尝一番吧！那就从澳门葡国菜的代表作非洲鸡开始。非洲鸡是一道很辣的鸡肉菜肴，又被叫做非洲辣鸡，是在烤得香气扑鼻的鸡肉上刷上咖喱味道的酱汁制作而成。对于长年吃惯辛辣食物的韩国人来说仍会觉得有些偏辣。那些西方人吃的时候恐怕要汗流浃背地大呼受不了了。不过非洲鸡的辣味和韩国青阳辣椒那种淋漓尽致的辣味不同，可以说是一种集合了胡椒等各种香料特色于一身的辛辣味道。在酥脆的鸡皮和鲜嫩的鸡肉上涂满辣酱，吃起来口感好极了！说起来，菜的名字为什么要叫非洲鸡呢？这是因为在过去，很多香料都是从非洲大陆的国家远道运送而来，所以这道菜肴也因此得名。

辣辣的非洲鸡，绝妙的下酒菜！

用各色香料制成的咖喱辣酱拌饭吃是绝
顶美味，用面包蘸着吃也别有特色。哎
呀，真辣啊。水，水！

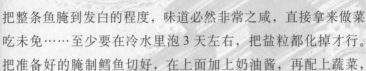

　　在葡萄牙和西班牙，还有一种食材是不
能不提的，那就是 Bacalhau。听名字就很独
特吧，就是用粗盐腌制的鳕鱼了。因为要用盐
把整条鱼腌到发白的程度，味道必然非常之咸，直接拿来做菜
吃未免……至少要在冷水里泡 3 天左右，把盐粒都化掉才行。
把准备好的腌制鳕鱼切好，在上面加上奶油酱，再配上蔬菜，
一起放入烤箱中，制
作成奶油烤菜。这就
是鳕鱼在澳门最受欢
迎的吃法了。这么做
出来的鱼肉香甜柔
嫩，不过味道还是很
咸啊。

　　吃咸了怎么办？
喝一杯水？哎呀，都
在吃大餐当然要配
红酒啊。还要喝葡萄
牙红酒！在韩国，葡
萄牙红酒还不多见，
不过在澳门却可以用
低廉的价格享受到它
的美味。葡萄牙红

所有澳门葡式餐厅都做得很好的代表菜
色：非洲鸡。

颇受欢迎的"九如坊"餐厅的奶油烤腌鳕鱼，和白葡萄酒很搭。

在澳门可以品尝到物美价廉的葡萄牙产葡萄酒。

酒作为葡萄牙特产，度数很高，味道甜美。此外，度数低些的白葡萄酒也非常爽口，与澳门闷热的天气十分相宜。在议事厅前的广场附近的小巷里有一家人气餐厅"九如坊"，在那里可以吃到正宗的葡国菜，再配上葡萄牙产的白葡萄酒。这滋味，哇！吃饱喝足之后，会觉得澳门的夜色变得分外美丽。让我们从有限的旅行费中挤出一点，找家赌场试试运气吧！

西班牙

pans
& COMPANY

法棍三明治连锁
店 pans&company，
味美价廉。

这位大叔在宣传辣肠.

就这样 挂起来
吊着 卖

长长的法棍三明治.

只放火腿反而更好吃哦.

在全世界最
受欢迎的天
杯酒.

TIO PEPE

一点都不甜,
味道清爽.

饭前喝一杯.

不同店家的
酒味道各不
相同!

用酥脆的拉丁果蘸上甜蜜浓郁的巧克力拿铁，咬上一口，啊！

CHOCOLATE
Y CHURROS

OVAL
PRE·MAMA

找一家挂着这样招牌的店推门而入，店里满是享用早餐的客人。也给我来一份早餐吧！

一大早就血糖飙升

清晨早起一睁眼，耳边就会响起"饭！饭！饭"的呼唤声。早饭惊人的威力只有在旅行途中才能更深刻地体会到。旅行的时候，早餐要比平时吃得更丰盛，这样才能保证有力气坚持走完一天的行程！来吧，在拥有诸多风景名胜的西班牙，用那些超级丰盛的食物填饱肚子吧。一大早开始就是高热量、高卡路里！让我为您介绍西班牙的传统早餐：拉丁果（Churros）和巧克力拿铁。炸得酥脆的、长长的拉丁果要放入滚烫香浓的巧克力拿铁中蘸一蘸再吃，那味道，估计一定会有人摇着头表示不赞同了。一大早就吃这东西？不过各位，没有品尝过的人是没有发言权的哦。此外这东西居然还有很好的醒酒功效呢！

忘我之境

浓得让人鼻血横流的巧克力拿铁，配上刚炸好的酥脆拉丁果。

那我们就去吃早餐吧！当然，去那些招牌上写着"Desayuno"（早餐）的小酒馆吃是个不错的选择。不过这一次，我们还是去专门卖拉丁果和巧克力拿铁的餐厅看看吧。没有一丝犹豫，我们选了一家店走了进去。这家店破旧的招牌上赫然写着"拉丁果和巧克力拿铁"，一看就知道是家老店，进去一看果然是人山人海。哇噻，看看这一片混乱的架势：有些客人拿到刚刚炸好出锅的拉丁果，在纸上蹭两下，包好就往外走；有些客人则站着就开始享用起热乎乎的早餐。看着这些急于上班的人们的身影，不知为什么感觉很亲切。"服务员！我也要一碟拉丁果和一杯巧克力拿铁！"

　　身材很好的厨师大叔站在油锅前汗流浃背地炸着拉丁果，旁边的一只大金属桶里装着糊状的材料，通过狭小的容器口挤出来，变得细细长长的，被缓缓倒入油锅。这时候，要用铁筷子把油按顺时针方向搅拌。这样，拉丁果就会随之变成美观的螺旋形。等到一面炸成金黄色之后，再小心翼翼、手脚麻利地把它翻个个儿，去炸另外一面。等到两面都

炸好，就把它捞出来，把油
甩掉，然后用剪子咔嚓咔
嚓剪成几段，装碟上桌。
这就完成了！刚刚炸好
出锅的拉丁果颜色金黄、
口感酥脆、香气扑鼻，
味道极为梦幻。直接
吃也好，撒上白糖吃
也好，都是上等美
味。不过说到底，
还是蘸巧克力拿铁
吃味道最好啦！
巧克力拿铁一般
非常浓厚，让
人疑心如果放
入冰箱里冻
一下再拿出来就

极其浓郁的巧克力拿铁冷掉后会变成
巧克力块！

是巧克力了。拉丁果和巧克力拿
铁的搭配是如此完美，让人沉迷其中。

除了巧克力拿铁，还能看到很多人拿拉丁果蘸牛奶蜂蜜咖啡
（Cafécon leche）吃。牛奶蜂蜜咖啡是在浓缩咖啡中加入滚烫的
牛奶，满满地打出细腻的泡沫。在法国被称为"café au lait"，
在意大利被称为"caffè latte"。在西班牙，花上差不多1—1.5
欧元就能喝上一杯。所以有的时候在旅行途中，我一天能喝好
几杯。为了搞明白一杯咖啡为什么如此好喝，我特意仔细观察了

① 把机器中的面糊缓缓倒入滚烫的油锅。

② 小心翼翼地把它炸得两面金黄，做成了美味的拉丁果。

③ 用刚刚炸好的拉丁果蘸上巧克力拿铁，吃上一口……我是何人？身在何方啊？

④ 加入大量牛奶的"牛奶蜂蜜咖啡"也是颇受欢迎的早餐，口感柔滑，暖融融的。

⑤ 西班牙人似乎很喜欢吃甜的东西，来一杯牛奶蜂蜜咖啡，再配上甜甜的水果馅饼！

好几遍它的制作过程。其实也没什么了不起啦，和星巴克、香啡缤里制作的过程并没什么两样，让人看了有些失望。可是既然如此，西班牙的牛奶蜂蜜咖啡为什么如此好喝呢，而且价格也是便宜得惊人，让人会为了这么一杯咖啡而舍不得回国。如果您喜欢比牛奶蜂蜜咖啡更浓厚一些的味道，我就要向您推荐告尔多咖啡（Cafécortado），这里面咖啡和牛奶比例达到了1：1，味道更为丰富而醇厚！

高卡路里食品怎么都这么好吃啊！

这个么……

2欧元

果腹下酒两相宜的 Pintxo

在西班牙到处都是酒吧？对，没错了！西班牙可以说是酒吧的世界，无论去哪里都会看到漫山遍野的酒吧。在这里，可以喝酒、吃饭，还可以喝咖啡。西班牙全国各处都生产葡萄酒，酒的种类也就极为繁多。每家酒吧都备有不同的葡萄酒。四处游荡的时候，可以品尝到不同酒家不同酒的味道。乐趣又何止于此，不同的店家会提供各自不同的下酒菜。这对于我来说才是最大的乐趣所在！这种装成小小一碟送上桌的下酒菜被叫做餐前小食（Tapas）。特别是西班牙北部巴斯克地区的餐前小食——Pintxo，更是以其多样的品种和味道而出名。

Pintxo，是巴斯克语，指的是用尖尖的牙签穿起来的小吃串。西班牙人会用长长的签子把食物穿好，作为下酒菜吃。

推开一家酒吧的门走进去，哇，长长的一张吧台上摆满了一个个铁盘，里面装满了 Pintxo。怎么会做得这么好看，让人看了就食欲大动啊！把法棍面包切得薄薄的，上面摆好各种奶酪，还有新鲜的大虾、西班牙火腿、橄榄、洋葱、凤尾鱼以及用醋腌制好的甜椒等，用一根长签穿起来固定住，这就是最普通的 Pintxo 的做法了。之后可以再涂上厚厚的一层蛋黄酱！据说蛋黄酱正是出产于西班牙马略卡岛（Mallorca），是当地一种历史悠久的调味沙拉酱。原来是到了调味沙拉酱的原产地，那可要大饱口福一番了！ Pintxo 可以调动一位大厨的想象力，让其发挥到极致，用各种各样的食材穿制成美丽的食物，变成摄影的好题材。而且它还有另外一个优点，那就是：粗略打量几眼就能知道这串东西是什么味道！制作过程也十分简便，不会加入太多的调料，所以食客们尽可以放心享用。只要向店家要一只碟子，然后挑选自己中意的装入碟中拿走就可以享用了。最后只要数一数签子数就可以结账，所以也别犹豫了，赶紧行动吧。

不过就这么吃起来是不是还少了点什么啊？没错了，没有酒嘛！Pintxo 价格实惠量又足，味道也不错，是一道理想美食。可是说到底它毕竟还是下酒菜嘛。来到西班牙当然要一尝当地的葡萄酒了！在西班牙语里，红葡萄酒被称为"Vino tinto"，白葡萄酒被称为"Vino blanco"。如果你想说：请给我一杯红葡萄酒吧，那就要帅气地对着吧台喊一句："Vino tinto por favor"。

　　不过我更想喝的还是巴斯克地区的传统酒。巴斯克特色白葡萄酒 Txakolí 味道颇酸，当蛋黄酱的口感让人觉得有几分腻的时候，喝上几口最是清爽。甜酒 Sidra 是一种发泡苹果酒，在美味的苹果汁中加入酒混合而成，那些不胜酒力的人也可以尽情畅饮。这各式各样的酒品价格居然比水还便宜，害得我这一

在腌制得酸酸的彩椒上放上鳀鱼、紫苏的 Pintxo，和清爽的白葡萄酒是绝妙搭配。

其实与其在一家店里吃很多，不如每家店尝一样比较好！

因为不同店家做的味道也不一样。

西班牙猪血肠的样子和味道都跟韩国的很像，一下子连辣炒年糕和关东煮也怀念了起来。

西班牙人最引以为傲的西班牙熏火腿，与浓香奶酪、酸酸的蔬菜汁简直是完美的结合。请再给我来一杯葡萄酒！

路走下来酒量见长。

无论是将食材用长签穿起的 Pintxo，爽口的 Txakolí，还是甜蜜的 Sidra，西班牙的食物全部味道单纯，不过多地调味加以修饰。怎么说呢？西班牙料理不是要对食物做一个复杂的乘法，而是一个简单的加法。可能从外表看上去会觉得有些粗糙，不过如果细细品味，就能感受到其中的脉脉温情，正如巴斯克地区的西班牙人一样。

不知不觉之间肚子已经饱了！再吃一样就真的必须收手了！我最后的选择是一种西班牙猪血肠 Morcilla。猪血灌得满满的，味道非常好。不知为什么，和韩国的猪血肠非常相像。我吃了一口，顿时瞪圆了眼睛！啊，忽然怀念起那家常去的血肠汤店了。

这就是 Sidra，入口非常柔和呦。

每家酒吧的酒味道都各不相同

所以要多去几家。

找借口女王

圣塞巴斯蒂安露天市场的奶酪，当场就切给你哦。

最喜欢市场了！

修女们是来买东西的吗？看这一盒透了的红彤彤的樱桃，肯定好吃。

兴高采烈逛市场

对于大多数人来说，一定都会有一些心愿，"我要是去旅行一定要怎样怎样"吧？我最爱的就是逛市场和吃好吃的东西了！这两个爱好偏巧又能一举完成，因为市场里会有很多好吃的东西啊：刚刚烤好的面包，香气扑鼻的新鲜水果，市场周围的路边摊可以买到物美价廉的食物，还可以喝上一杯热乎乎的巧克力或是咖啡。在市场里还可以品尝到三明治之类的小食。真是太好了！

西班牙市场里有小肠、大肠、猪血，所有食物应有尽有。

还有没剥皮的兔子卖，吓了我一跳！

西班牙语叫做"Conejo"（兔子）

就这样吊着

挂起来卖

111

在西班牙，市场被称为 Mercado。大城市的市场比较整洁些，小城市的就相对随意，有着老市场的感觉。不过所有的西班牙市场都有一个共同点，那就是全都人头攒动，洋溢着一派生机勃勃的气息。更特别的是，西班牙的天气总是艳阳高照，日照量充足，水果和蔬菜的颜色都非常鲜艳，为人们带来视觉上的享受。吃东西不是有这么个讲究嘛，要色香味俱全。

巴塞罗那著名的博克利亚市场（La Boqueria）在游客云集

水果接受了充足的日晒，味道很好，把整个市场堆得满满的。

咸咸的香香的橄榄，也分为很多种类。

鸡蛋摊位把鸡蛋摆成一地卖，很有才哦。

的蓝布拉斯（Ramblas）大道正中占据了主要的位置，地段很黄金。一走进入口，我顿时"哇"的一声喊了出来。天哪，全西班牙最好吃的东西在这里都能找到！首先映入眼帘的就是各种新鲜果汁，各色各样的水果汁让明显还搞不清状况的各国游客目瞪口呆。好吧，来杯果汁再开始逛吧！既然要喝就要喝在韩国不那么常见的水果。让我看看，"我要这个覆盆子口味的！"

　　喝着爽口的果汁，我开始在市场里游荡了起来。巧克力、果酱、新鲜出炉的面包……哇，快看这奶酪！嗯，哪里来的鱼腥味啊？原来已经来到了海鲜摊位这边。在这里可以看到很多熟悉的面孔：金枪鱼、青花鱼、鱿鱼、鳀鱼等等。啊，这边是肉类摊位，看起来，在西班牙，新鲜的小肠、肝脏、百叶这些东西也是颇受人青睐的啊。除此之外，西班牙的传统火腿更是此处的一大景致。在店铺的屋顶挂着一条条硕大的猪腿做成的火腿，让人看了不由质疑这么大的家伙要吃多久才能吃完啊。但是如果你听说了西班牙人对于传统火腿的热爱，这种顾虑就

博克利亚市场的名产：新鲜果汁！

很多优质鱼类：青花鱼、鳀鱼、金枪鱼、沙丁鱼……还真是应有尽有。

牛小肠、肝、百叶，看着就备感亲切。烤成
金黄色，然后叫上一杯烧酒，啊！

兔子不剥皮就这么挂着，据说味道和鸡肉差不

会被打消了。

巴塞罗那的博克利亚市场是一个吸引着全世界游客的著名景
点，可能有时候会让人觉得异国游客过多，有些失去本地风格。
不过也正因如此，游客们在这里可以用英语进行交流，也可以见
识到不少好玩的东西。这应该说是博克利亚市场的两大优点。当
然了，如果想去见识更加活力四射的真正市场，不妨去小城市走
走。在那里，村民们会好奇地注视着你，一副"为什么外国人会
来我们这里啊"的表情，也很有意思。让我们抛掉那一点点羞
涩，和所有人挥手打招呼吧：Hola！（你好啊！）

如果在旅行途中还能赶上偶尔开市的露天集市，那可真算得
上是天大的幸运！虽然这种露天集市规模很小，只是村民们自己

备受欢迎的西班牙辣肠，咸咸辣辣的，配啤酒最合适了。

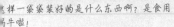

样一袋袋装好的是什么东西啊？是食用蜗牛啦！

在中心广场设了摊位，带着水果、蔬菜、奶酪、蜂蜜这些简单的吃的东西过来卖个半天左右的光景。不过夹在本地人之间，跟着一起问"这个多少钱啊"、"你的东西太贵啦"，不知不觉间我仿佛也成了当地的一分子。这种感觉也是非常有趣的。

Hola!

　　当然了，不要忘记还有超市，可以推着购物车悠闲地在其中舒适地购物。这时候往往会有一种在自家小区附近的超市闲逛的熟悉之感。超市在西班牙语里被称为 supermercado，让我们一起去西班牙连锁百货店"西班牙百货集团"（El Corte Inglés）经营的大型食品卖场去看看吧。作为超市卖场，这里陈列摆设得整

喜欢一块块的奶酪。

115

在超市里可以轻松买到制作西班牙传统
食品海鲜饭所用的调料。

各式各样的蔬菜，和韩国蔬菜似
像非像，堆得满满的。

蛋黄酱最早产于西班牙马约卡岛，
最原始的味道是怎样的呢？

新鲜大虾也很便宜。装多少走呢？一
斤？两斤？

在市场各个角落都有酒吧，可以进
去喝一杯休息一下再走。

葡萄酒，太便宜了！

在这里过日子算了。

洁有序，顾客挑选起货品来十分方便。各种各样的奶酪、黄油、酸奶，西班牙名产肉食品、咖啡、巧克力……我垂涎三尺地逛了不一会儿就觉得肚子饿了。怎么会有这么多好吃的东西啊！不过在这些东西中，最吸引人的还要算是品种繁多的葡萄酒了，虽然只是小村落的超市，所备有的葡萄酒种类与韩国大型百货商场相比也毫不逊色。而且，这些葡萄酒还都非常便宜，来西班牙一趟如果没有把握机会畅饮一番可是很冤枉的哦。

陆陆续续地买了一堆东西：刚刚出炉的面包、奶酪、西班牙传统火腿、葡萄酒、水果……当我离开超市回到住处已是傍晚时分。我住的是可以同时容纳几名客人的低价旅舍，和几名同屋都交上了朋友。喂喂，都过来啦！开 Party 了！开 Party 了！国籍不同有什么关系？意大利、德国、加拿大、日本……大家一起大吃豪饮、一醉方休吧！

何谓 Tapas（餐前小食）？

说到西班牙饮食文化，不得不提的就是这餐前小食 "Tapas" 了。"Tapas" 在西班牙语里指的是垫在咖啡杯底下的那个小小的碟子。不过一般情况下，西班牙人说到 Tapas，都是指那装在碟中的食物啦。

碟子的名字根据大小不同而各不相同。

这个是 *Mediaración*。

这个是 *Ración*。

各种食物都用 Tapas 盛一点。

有点像回转寿司的碟子。

在酒吧长长的吧台上摆了长长一溜的食物，从中挑选出自己喜欢的东西，告诉店家装在碟子里就可以了，这就是西班牙人吃 Tapas 的方式。能够品尝到更多的食物口味固然很好，不过我可是个大胃王，这么小小一碟满足不了我呀。如果想要换个大碟子，痛痛快快地装上一堆，直接告诉店家给换大碟就可以了。如果想要炸猪排店里那种超级大的碟子呢，就要大份（Ración）；如果想要稍微小一点的中号碟子呢，就要中份（Media ración）。喊一句就可以啦！不过因为不了解所选食物的味道，我劝您保险起见，在大吃一顿之前还是先点个小份（Tapas）尝尝吧！

在西班牙各地都有无数的酒吧，多到让人不免有几分疑惑，这里的人们是不是除了喝酒不干别的啊。不过西班牙的酒吧可不只是卖酒，它有点像咖啡馆。人们在这里可以享用正餐，也可以吃点三明治之类的小食。此外，每家店还都会卖报纸、香烟，甚至还有卖彩券的，也算得上是个小便利店了。哈哈哈！还有哦，内急的时候跑进去上个厕所，什么也不买，就这么不好意思地笑笑出来，也不会有人说什么的。这就是西班牙的酒吧了。因为餐厅里会有固定的午饭和晚饭营业时间，一不小心错过了时间的话就吃不到饭了。而在酒吧里，任何时候都可以尽情享用美食。三五好友来此消磨时光

煮熟的蜗牛，味道清淡可口。

也好，自己在这里读几个小时的书也好，都是不错的选择！

　　嗯，那我们吃点什么呢？直接看着吧台上的食物点菜也可以，对照菜单仔细研究一番也颇有趣。如果能够事先学几个西班牙语里关于食物的单词，这种时候就更方便了。特别是经常会用到的词汇。这里，我们就先学五个吧：

- 土豆：Patata
- 火腿：Jamón
- 煎蛋饼：Tortilla

- 虾：Gamba

- 鸡肉：Pollo

只要对照旅行指南，自己嘟嘟囔囔地念几遍就可以很快记住了。然后就让我们尽情点自己爱吃的东西一饱口腹之欲吧！

对于很多酒吧来说，即便都在同一条街上，所做的食物的味道彼此也很不相同。每家酒吧都有自己的推荐菜色，大厨的口味、手艺也各不相同。如果大厨

这就是土豆蔬饼，厚厚的，吃了很有饱腹感！

来自不同的城市，那就差得更多啦。所以，与其在一个地方一直吃，不如一家一家都尝一遍，才能吃到更多的口味。这样游走于不同酒吧之间，在这家吃一点，在那家吃一点，在西班牙他们将这种习惯称之为"Chateo"。我们不妨也像西班牙人一样试试吧！哎呀，不过如果是一个人或者三两同行好友一起去的话，有时候会有些不好意思，有时候又会因为不知道哪家店好吃而迷茫。这样的话，参加 Tapas 行程也是不错的选择。这些行程有的是观光处安排的，也有的是青年旅社这些旅店安排的。我本人参加了塞

维利亚一家青年旅社组织的 Tapas 之旅。一个人跟着行程可以发现那些隐藏在蜿蜒小巷里的酒家，也颇有乐趣。在一家酒吧里喝着红葡萄酒，品尝番茄炖排骨；在另一家酒吧里喝着白葡萄酒，品尝煎鳕鱼；再去另一家酒吧，尝试葡萄酒调制的甜美鸡尾酒桑格利厄（Sangria），再大口大口地品尝新鲜沙拉！就这样，一家一家地走下去，

Tapas 之旅中正好赶上现场弗拉明戈舞蹈演出，舞者的气势很棒哦！

不知不觉之间，嗓门大了起来，肢体语言也越来越丰富。一群人在酒精的作用下涨红了脸，精神也放松了下来，彼此之间自然而然成了朋友。

大叔，再来一杯。

别喝啦

神智要清醒啊。

雪利酒中加入了白露菌，会让酒的味道变得十分奇妙。

餐前喝一杯冰冰的雪利酒，会有很好的清口作用。口感清爽，精神也清爽！

一品雪利酒

　　您喜欢葡萄酒吗？我嘛，可是已经到了离不开它的程度。红葡萄酒、白葡萄酒，还有气泡葡萄酒，我全都喜欢！不过有些时候总会想喝些度数更高的葡萄酒，按捺不住那种想要滋的一声把一杯酒一饮而尽的心情时，我就会去喝加烈酒，所谓加烈酒，酒如其名，就是比较烈、度数比较高的葡萄酒了。

　　加烈酒与酿造一般葡萄酒的方法稍有不同，其中最有名的就要算是西班牙的雪利酒和葡萄牙的波特酒。

这种酒甜美清爽。

饭后喝上一杯

克罗夫特在英国很受欢迎。

125

　　说起来，西班牙和葡萄牙都是曾经称霸世界的海上强国！据说在久远的过去，当人们乘船远航去征服遥远的殖民地或是去进行海外贸易时，经常会在船舱里备满葡萄酒，在漫长的航海途中消磨时光。但是因为葡萄酒中加入了酵母，酒的味道会很快变质，让人觉得十分可惜。哎呀呀！在这之后，人们经过研究，在葡萄酒中加入了度数较高的白兰地，抑制了酵母活动，找到了葡萄酒保质的办法。在葡萄酒中加入白兰地后，酒的味道和酒气都变得十分独特，连度数也变高了！这样就变成了加强版的葡萄酒。西班牙的雪利酒是在白葡萄酒中加入白兰地，葡萄牙的波特酒则是在红葡萄酒中加入白兰地，两种酒的味道都很好。这两种酒固然也可以像普通葡萄酒一样饮用，不过一般来说，人们更多的是在饭前饮用，以唤醒味觉，因此加烈酒更多的是被用作餐前酒。我在西班牙旅行的时候，在地方城镇科尔多瓦（Córdoba）的一家不错的餐厅里初次品尝了雪利酒，一尝倾心。既然来到西班牙旅行，该见识的东西都要见识一下，让我们去雪利酒的酿酒厂参观一下吧。

西班牙南部安达卢西亚（Andalucía）地区的小城市赫雷斯德拉弗隆特拉（Jerez de la Frontera，城市名字很长是吧？一般会被简称为赫雷斯），这座酷热干燥的城市就是雪利酒的故乡。在这里，四处都是大大小小的雪利酒酿酒厂，而且各酒厂还有很多专门为远道而来的游客准备的英语说明项目，使游客可以轻松探访雪利酒的生产过程。还是从比较有名的大酒厂开始我们的行程吧，这家叫做贡拉雷贝亚（Gonzalez-Byass）的大型企业是世界知名的雪利酒品牌天杯（Tio Pepe）的生产厂商。如前所叙，雪利酒是在白葡萄酒中添加些许白兰地酿制而成。因此，在这里可以同时参观到白葡萄酒和白兰地两种酒的酿制过程，可以说是一举两得。我本人是非常喜欢葡萄酒的，亲眼目睹自己所喜爱的酒被酿造出来是一种新鲜的愉快体验。

这里生产的雪利酒的品种极

探访酒厂之旅中包含了试酒时间，配上简单的下酒菜，品上一品。

① 温暖的阳光下茁壮生长的葡萄，要卖力生长啊！

② 黑暗潮湿的红酒储藏仓库。

③ 雪利酒的原料：白兰地。颜色和香气取决于保存时间的长短。

④ 这就是备受欢迎的天杯酒。

为多样：甜味酒味道浓重，爽口酒微微发苦，还有的酒度数极高……随便配几口下酒小食品尝几杯，哎呀呀，不知不觉之间就有些微醺。顺便说一句，雪利酒的酒精含量高达 16% ~ 20%，可以算是比较烈性呢！酒意微然，心情大好，不知不觉就买了好几瓶雪利酒。这要什么时候才能喝完呀？

天杯酒据说是全世界卖得最好的雪利酒。

一点不甜，非常清爽。

饭前来一杯

市场肉铺里挂着的西班牙火腿，如果被这玩意撞一下头，肯定肿了。

美味的奶酪!

嗯!

味道、外观都各不相同的西班牙奶酪，可以根据顾客的需要切开来卖。

火腿火腿，奶酪奶酪

　　在西班牙的市场或是大型超市里的食品专区，都可以看到天花板上挂着一只只整只的猪腿。以这样豪迈的作风制作的生火腿被称为西班牙火腿（Jamón），是世界闻名的西班牙特产。无论在餐厅、在酒吧、在三明治店还是在小饭馆，西班牙火腿永远是最受欢迎的！

　　一般来说，在火腿中都会加入这样那样的香料或是不同的添加物。而西班牙火腿与众不同的一点就在于，在整个制作过程中，除了食盐外，不会添加其他调味品，所品尝到的就是火腿本身纯粹的味道，让人忍不住吃了又吃。西班牙火腿是把整只猪大腿风干做熟，为了确保火腿的质量，自然环境非常重要，同时风干时也要选择在山风阵阵的山地地区。在山区制成的火腿叫做山火腿（Jamón Serrano）。去市场的时候，看到的大部分西班牙火腿上都会有"山火腿"的标签。

　　不过任何东西都会有质量特别好的高级品，这就是伊比利亚猪了！这种猪是在麻栎树丛中放养的，只吃橡子长大，肉质鲜美，与普通猪肉大不相同，当然价格也要昂贵得多。伊比利亚猪肉制成的火腿就是伊比利亚火腿了，西班牙的超市或是市场的肉柜台都有售，此外还可以买到不同的含有少量伊比利亚猪肉的肉食品样品。这可是一次品尝不同口味火腿的好机会呦！虽然价格有些贵，我还是咬着牙买下了。样品有用猪大腿肉制成的生火腿，还有用猪腰肉制成的肉条干（Lomo）；有用辣味调料腌制的辣肠（Chorizo），还有用洋葱、胡椒等调味品腌制的胡椒香肠

(Salchichón)。那么味道如何呢：

● 西班牙火腿：猪肉本身的香味和食盐的咸味完美融合，肉质有弹力，非常美味。

● 肉条干：有很强的烟熏香气，也能尝出微微的胡椒味道。

● 胡椒香肠：胡椒、红椒等非辣味香料的味道直冲鼻孔，加入蔬菜后会有一种丰富的口感。

● 辣肠：香味和火腿味道都相对弱一些，辣味很重。

西班牙有名的食

买了各种各样的肉类加工品和奶酪，在住处的厨房吃了午饭。哎呀，真香！

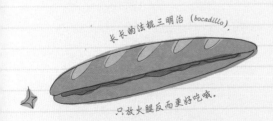

长长的法棍三明治（bocadillo）

只放火腿反而更好吃哦。

清淡的下酒小菜，稍微加了一点西班牙火腿，味道马上不同了。

品可不只是肉制品，奶酪也是种类繁多、品质很好的。在西班牙语里，奶酪叫做"Queso"，虽然并不像法国、瑞士、荷兰那样有着举世闻名的名品奶酪，不过全国也有着超过 1500 种的各式各样的奶酪。只要品尝一种奶酪，就可以领略一个地区的风情。像肉食品一样，顾客也可以买到各式各样不同口味的奶酪样品，作为礼物也是非常好的选择。

法棍三明治连锁店：
pans & company。

强烈推荐加了西班牙火腿的法棍三明治！

味美价廉，好吃绝顶！

瞪大眼睛看着菜单：到底说的什么啊？

Foie de Pato sobre Calabaza confitada al
(Duck paté and Sweet Pumpkin in Sweet wine)

Ensalada de la casa especial
(Special House Salad)

Ensalada de Gambas y Espárragos al Ace
(Shrimps and Asparagus Salad in Olive O

Cocina de la Abuela
Traditional Cooking

Rabos de Toro
(Bull Tail

炖牛尾里面的牛尾炖得烂熟，叉子一碰就骨肉分离了。

浓郁喷香的番茄冷汤，我再也忍不了了！点了葡萄酒来配。

挑战科尔多瓦传统料理

　　西班牙南部安达卢西亚地区有一座美丽的城市科尔多瓦，这里以伊斯兰建筑清真寺（Mezquita）而闻名。每年都有无数游客来此参观。

餐厅入口，科尔多瓦传统庭院很不错哦。

不过对于我来说，美味的食物可远远要比美丽的风景名胜、人文古迹更加吸引人啊。让我们品尝一下具有浓厚的科尔多瓦地方特色的传统美味吧！用公牛尾制成的炖牛尾（Rabo de Toro）、西红柿味道浓重的番茄冷汤（Salmorejo），来到科尔多瓦如果不品尝这两道菜，就算枉虚此行。在科尔多瓦地区有很多不错的餐厅，让我们走入其中的名店"El Caballo Rojo"。吃个痛快吧！

炖牛尾好像碰一下就会碎开，真是炖得烂熟。

刷刷地翻着菜单，在各式各样的菜色中搜索，终于找到了

炖牛尾和番茄冷汤，用手指指点点地比画。侍应
生冲我竖起拇指说了一句"好哇！"真是期待
上菜的一刻啊。餐前先来一杯雪利酒清口，然后就是翘首以待
了。没等一会儿，浓浓的番茄冷汤上桌了。西红柿、洋葱、大
蒜，全都切得整整齐齐的，再加入面包。面包已经放了一到两
天左右，吃的时候变得硬硬的了。然后再多多地浇上橄榄油，
最后把西班牙火腿切得整整齐齐地撒在最上面。呃，这个红彤
彤的、看上去很浓的汤到底是什么东西啊？略微紧张地尝了一
口，哇，笑容难以控制地露了出

来。西红柿微酸，调料劲辣，再
加上香气扑鼻的橄榄油和美味的
西班牙火腿，各种味道仿佛在
舌尖跳起了曼妙的舞蹈。

　　失了魂似的一勺勺把碟中
的汤喝干净，我终于迎来了
今天的主菜，做得非常酥烂
的炖牛尾。巨大的碟中满满
地盛着牛尾，让人看一眼就
觉得旅行的疲劳被一扫而
光。同样是用牛尾制作菜
肴，在韩国，是用牛尾来
炖汤，而在科尔多瓦是用
牛尾和西红柿一起炖制
出味道浓厚的炖菜。这
个差别很有趣吧？炖牛尾这道菜略有

有了美食，可不能缺少美酒。来
一杯浓郁的红葡萄酒！

Perfecto!

一些牛尾特有的腥味。食材因为炖了很久，变得十分软烂。啊，我实在受不了了，请给我一杯红葡萄酒吧！大白天的也要喝上一杯了！

不过说起来，在安达卢西亚地区，其实还有比番茄冷汤更有名的传统汤品，那就是西班牙凉菜汤！把西红柿、大蒜、洋葱、辣椒、黄瓜等新鲜蔬菜整齐切好，做成微酸口味的汤，像番茄冷汤一样放凉了再吃。看食材就觉得很美味吧？在炎热的夏季，这

店员从大大的、摆满各式甜点的台子上切下蛋糕的那一刻，我仿佛听见自己的心在扑通扑通地跳。

炎热夏日，来一份凉爽的西班牙凉菜汤，再来一碟咸咸的橄榄，立刻恢复了活力！

道凉菜汤中还会加入冰块呢。番茄冷汤和凉菜汤虽然是安达卢西亚地区的传统菜色，不过在西班牙全国都能轻松品尝到。如果去西班牙旅行的话，番茄冷汤和凉菜汤一定都要尝尝，比较一下二者的味道有何不同。我个人是觉得多多地加入了橄榄油和西班牙火腿的番茄冷汤更合口味。

公用的旅店厨房，要细读告知，然后安安静静、小心翼翼地使用。

The Kitchen closes
At **22.00**
Please ensure you have finished cooking and cleaning by this time.

The longer you stay the longer I have to work! *Go out and party*, this is a kitchen nothing exciting happens here.

圣塞巴斯蒂安旅店的经理，长相帅气，为人亲切。

在旅馆开派对，收音机里放着歌曲《what a feeling》。

旅馆厨房，社交天堂！

　　我认为旅行带来的乐趣中有一点就是能够尝到当地的美食。不过美食虽好，偶尔也要为第二天的早饭吃什么而发愁。一大早顶着惺忪的睡眼满大街地找餐厅，这也是一件让人头疼的事情啊。如果在宾馆住宿的话，住宿费用中会包含有丰盛的自助早餐，这就无须操心了。不过对于背包旅行客来说，旅行费用可是相当紧张的，常常需要勒紧腰带过日子，所以一般都会选择比较便宜的地方住宿。单人间？太奢侈了吧！那种来自世界各地的旅行者们共享同一房间、同一浴室的旅馆才是又便宜又好呢！虽然这么多素不相识的人住在一起有时未免会有些尴尬，不过却也有很多用钱不能够买到的乐趣。而且，这也是结交朋友的大好机会呦。另外，在这种旅馆，厨房是大家公用的。如果有心的话，还可以亲手做饭吃呢！

在西班牙，这种便宜的小旅馆非常多，在西班牙语里叫做 Hostal。比宾馆级别要低，大概就是类似青年旅舍的旅店。在这里，几乎所有的厨房都是开放式的，主要是为了照顾客人需要，方便其自由使用。有些地方客人要买些吃的做菜，有些地方则会简单地提供一顿早餐。在西班牙北部城市圣塞巴斯蒂安（San Sebastían），Hostal 只提供红茶包

房客们各自买来吃食，做好简便一餐，就可以享用了。但是，必须要刷碗呦！

和速溶咖啡，其他的都需要客人自己去买来做着吃；而在南部城市塞维利亚，我住的 Hostal 所收

取的那点微薄的住宿费中居然连早餐费用也包含在内，真是让人感激涕零。当然了，这顿早餐很简单。清晨一早，揉着眼睛走进厨房，旅馆的店员已经准备好了做华夫饼的材料，还有面包、果酱、黄油、牛奶等等，供客人尽情享用。把面糊倒在华夫饼的模具中，稍微等一下，一个完美的华夫饼就制成了！涂草莓酱吗？不，还是涂巧克力酱好了。又或者把面包片烤成酥脆的吐司，然后涂上厚厚的一层黄油！再倒上一杯红茶就是一顿丰盛的早餐。如果还嫌简单，也可以在前一天逛一下市场，提前买好想吃的东西，然后写上名字，放进厨房的大冰箱里。在市场或是超市里，慢悠悠地挑选酸奶、奶酪、水果，把这些吃的一样样装进篮中，感觉是不是很像当地居民？这种融入本土的感觉也很令人激动吧！哎呀，一下子买太多了，那就和其他人一起分享吧，还可以交朋友呢！多开心！

　　热爱旅行的人们彼此打个招呼、握个手，很快就都亲近了起来。昨天我去了哪里哪里，真是不错。哎呀那个地方很一般啦，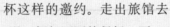门票又贵还没有看头。这样你一言我一语，交换着旅行途中的信息，自然而然就会冒出一起喝一杯这样的邀约。走出旅馆去喝一杯红酒固然很好，不过买些简单的下酒小食，就这么在旅馆的厨房里开个小型派对也很有意思！在红酒天堂西

No.

DATE

① 塞维利亚旅馆厨房，为房客准备好了各式茶包
② 用经理准备的面糊很快就能做出热腾腾的华夫
③ 和新结识的同屋亲近了起来，当即开起了葡萄
对，非常愉快。

班牙，到处都能买到物美价廉的
红酒，价格低得惊人，有的时候
甚至比等量的水还要便宜。看
看纸袋中的红酒，一开始也
会有"这东西味道能好吗"
的疑虑，不过品尝了就会
知道，味道比想象的好
得多呢。切一些奶酪和
西红柿，简单拌个沙
拉，再添条咸味凤
尾鱼，这美味啊！
在高档酒店下榻
固然舒适，不
过可没有这等
乐趣呦！您看着办吧！

旅行途中疲惫时，用水果沙拉充电。是用去
超市买回的水果做的。

不同语言不同语调的 "what a feeling"。

用粗盐腌制的鳕鱼，看着就觉得咸！

但是很快就变成了如此美味的一道菜：塞维利亚鳕鱼料理店的菜肴。

一尝鳕鱼

　　西班牙称做"Bacalao"，邻国葡萄牙称做"Bacalhau"，这究竟是什么东西？对啦，就是鳕鱼！不过这两个国家的人们可不是像我们韩国人一样生吃鳕鱼，而是用粗盐把它腌制后再食用。在西班牙、葡萄牙还有意大利，鳕鱼广为人们喜爱。

149

其实说起来，葡萄牙人是制作咸鳕鱼的始祖。据说早在遥远的 15 世纪前，葡萄牙人就开始乘船远航捕捞鳕鱼了。不过，这里说的捕捞可不是简单出海一趟捞一把回来再去。那个时候，出海捕捞一次至少要在海上度过两个季节，实在需要花费不少时间。不过这么长的时间里鳕鱼怎么可能还保存完好呢，肯定会有很多都坏掉了。于是为了能够更长久地保存鳕鱼，就把它放在甲板上，撒上大量的粗盐进行腌制。然后在不断的海风和强烈的日照下，鳕鱼开始风干，这

把鳕鱼切得薄薄的，用橄榄油腌制。那味道让人不由想喝上一杯。

就是咸鳕鱼的由来。当然了，现在是在自然条件更好的陆地地区进行腌制风干的工作了。这样制成的咸鳕鱼比新鲜鳕鱼要小上一半还多，十分便于保存。那么味道又如何呢？大家都喝过鳕鱼汤吧，鳕鱼的肉质本来就十分有韧劲，再加上用粗盐腌制风干，变得更加有嚼头了，更多了一种独特的质感。做熟之后更是别具风味哦。

好啦，那么这玩意应该怎么吃呢？就这么把盐擦掉直接吃吗？哎呀，那可就要咸死了，一整天都要不停地喝水！至少要在冷水里泡上三天，把盐粒都泡掉，把缩小的鱼干重新泡大才能吃。在西班牙旅行时，在市场里可以很容易地买到咸鳕鱼。不过因为是在旅行又没有办法买来做菜，一时

还吃不到嘴。这可怎么办呢？当然是要去酒吧吃啦！因为在酒吧有很多用咸鳕鱼做的小吃，咸鳕鱼的味道和白葡萄酒还有啤酒都很相称。

要不然就大胆地去尝试餐厅里做得整齐美观的菜色，留下美好的回忆吧。在西班牙南部塞维利亚的咸鳕鱼店"El Bacalao"的菜单上就只有用鳕鱼制作的各色菜肴。我在别人的推荐下点了两道菜，一道菜是把咸鳕鱼切得薄薄的，浸在橄榄油里做熟，有点类似生鱼片的样子。不过因为咸鳕鱼在制作过

程中已经在盐中腌了很久，所以鱼肉不是那种新鲜鱼肉的味道，而是非常有韧性有嚼头的口感。这道菜还要配上浓香的杏仁一起吃。然后主菜烤鳕鱼跟着被送了上来。这道烤鳕鱼是用一种有着非常可爱的名字的酱汁烤制的，这种酱汁叫做"pil-pil"。鳕鱼的鱼骨里有很多骨胶，把鳕鱼骨泡在橄榄油里，和大蒜一起慢慢

备受欢迎的鳕鱼店 "El Bacalao"！

做熟，骨胶就会被榨出来。这时候橄榄油就变得像果酱一样黏稠。用这种果酱似的橄榄油做成的酱汁就是 pil-pil 酱，非常浓稠。这道菜味道很像那种熬制了很久的老汤，让人有一种感觉，觉得吃了它会大补。哈哈哈！用鳕鱼居然还能做出这种东西，真是神奇啊。实际上，在西班牙和葡萄牙两国，用鳕鱼制作的菜肴据说要超过一千多种呢。

万人喜爱的鳕鱼，我还是最喜欢鳕鱼汤。

来一杯烧酒吧！

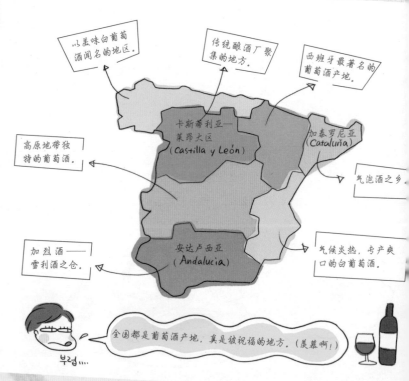

以美味白葡萄酒闻名的地区。

传统酿酒厂聚集的地方。

西班牙最著名的葡萄酒产地。

高原地带独特的葡萄酒。

卡斯蒂利亚—莱昂大区
(Castilla y León)

加泰罗尼亚
(Cataluña)

气泡酒之乡。

加烈酒——雪利酒之仓。

安达卢西亚
(Andalucía)

气候炎热，专产爽口的白葡萄酒。

부럽....

全国都是葡萄酒产地，真是被祝福的地方。(羡慕啊！)

桃乐丝酒庄探访记

　　西班牙是葡萄酒的天国，如果说西班牙全国各地都在生产葡萄酒，这话也一点都不夸张。特别是西班牙中部偏北的里奥哈（Rioja）以及东北部地区的佩内蒂斯（Penedès），这两个地方都是著名的优质葡萄酒产地。其中佩内蒂斯与巴塞罗那距离很近，一天之内可以往返。我特别前往此地参观了当地的酒厂。

从巴塞罗那出发，搭乘火车走 1 个小时左右就可以到达维拉弗兰卡（Vilafranca）。出了火车站可以看到排队等客的出租车队。乘上出租车，再走 3 公里左右，就到了桃乐丝酒庄。这是家世界知名的大企业，大型超市葡萄酒专区里的西班牙产葡萄酒大部分都生产自这家酒庄。酒庄规模颇大，还专门为访客准备了导游说明。交上 4 欧元左右的门票钱，就可以跟随导游，听着英语讲解，参观酒庄各处了。

酒庄的葡萄园一望无际，让人一眼看去心头豁然开朗。这里不但生产用于酿造葡萄酒的葡萄，而且还有很多实验设备对葡萄栽培环境进行研究，测试适合不同品种葡萄生长的不同土壤以及不同浇灌状态等。因此，游客在这里也能学到很多知识。葡萄酒这东西，什么也不知道直接喝固然一样美味，不过多少听了一点说明后再喝似乎更爽口了呦。终于到了期待已久的品酒时间，这是整个行程中最令人期待的了！品尝了酒庄的代表葡萄酒，细细品味其滋味后，就可以买几瓶带走了。在各式葡萄酒中，用西班

周边都是葡萄园，葡萄啊，快快生长吧！

乘坐绿色的迷你列车参观酿酒厂各处。

葡萄酒仓库黑暗潮湿，非常凉爽。

可以学到简单的品酒方法：把精神集中在酒的颜色、香气、味道上。

还可以尽情购买葡萄酒，真想全都带回家啊。

① 塞维利亚百货商场食品卖场的葡萄酒专柜，酒的种类多得惊人。
② 幸福之乡西班牙！这里的葡萄酒价格比水还便宜！
③ 在佩内蒂斯发现的小小的葡萄酒店。
④ 受人推荐，在佩内蒂斯餐厅里品尝的山羊肉做成的菜肴以及气泡酒。

牙特产的葡萄品种添普兰尼洛（Tempranillo）酿制的红葡萄酒的味道尤其好。酒味醇厚浓郁，十分推荐！

其实，维拉弗兰卡地区不但生产红白葡萄酒，还是著名的气泡酒产地。气泡酒，在西班牙语里被称为卡瓦（Cava）。与法国的香槟相比，卡瓦酒味道绝不逊色，而价格却更为低廉。好东西吧？结束了桃乐丝酒庄的探访之旅，重新返回维拉弗兰卡镇，我找到了一家出租车司机大叔推荐的美味餐厅。在这里品尝了维拉弗兰卡地区特产的卡瓦酒，又吃到了新鲜沙拉和山羊肉，可谓丰盛而实惠的一餐！所以说出租车司机们吃饭的地方才是真正的好地方！

请再给我一杯卡瓦酒吧！

高举寻访美食之旅的大旗

　　西班牙大城市巴塞罗那是全世界旅行家们热爱的地方，这里有好几处观光导游处。其中位于加泰罗尼亚广场（Plaza de Cataluňa）地下通道的观光导游处可谓是诸多站点的中心，号称是最大的一家。有时候参加这种半天或是一天的行程也是很有趣的哦，因为观光处设计了各种游览线路，游客可以根据自己的日程安排和喜好自行选择。看到美食之旅宣传手册的一刹那，我的心就被震动了：哦，这简直就是专门为我设计的线路嘛！所谓美食之旅，文如其义，即是为了寻找美食而进行的长途步行之旅。这条线路精心挑选了具有悠久传统的食材商、颇有历史渊源的咖啡馆以及大型的市场等10处场所。

　　太好了！

　　我们首先走过一家名叫"Granja Viader"的咖啡馆。这家店历史悠久，在百余年前，这里的热巧克力奶就广受人们喜爱。然后是博克利亚大型市场，长久以来，这里可谓是巴塞罗那市民的菜篮子。接下来是 Pastisseria Escriba（面包房），散发着令人心醉的香味，从 20 世纪初，这里就向市民们提供各种高档蛋糕和巧克力。还有西班牙历史最悠久的咖啡馆之一——Cafe de l'Opera，这里曾经是西班牙文人和艺术家们聚会的地方。Xocolateria Fargas（巧克力店）从 1800 年就开门营业，至今仍然广受好评。此外还有提供各种传统食材的 La Pineda；Cafe El Magnifico（咖啡馆）从 1919 年起就开始卖新鲜炒好的咖啡豆；最后是 Tostaderos Casa Gispert，这家店 1851 年开业，当年用的烤箱现在仍用来炒咖啡豆和坚果。

　　大家围坐成一圈，简单地喝杯葡萄酒，分食些小点心。这次美食之旅就算告终了。不过就这样结束也太可惜了吧？真正的

不容错过的博克利亚市场！

为参加行程的游客准备的小小
一盒的水果沙拉。

历史悠久的食品店被授予的地
面装饰花纹。

散发着甜蜜巧克力香气的巧克力专卖店。
须进去看看。

在 Cafe El Magnifico 来一杯浓浓
的咖啡！

著名的 "Cafe de l'Opera"，以传统早餐
巧克力拿铁和拉丁果而驰名。

杏仁、榛子、巴西胡桃……就没有
"Casa Gispert" 没有的坚果！

旅程现在才刚刚开始！在刚刚经过的那些店铺中挑选一家自己满意的，举着地图杀回去，好好参观一番，这才是乐趣之所在。首先，就让我们去喝一杯滚烫的巧克力拿铁吧！然后是果仁糖专卖店、咖啡专卖店，还有那个博克利亚市场……嗯，我要踏上真正的美食之旅了！

美食家之旅，go go go!

MEMO

土耳其

闪闪发光
的土耳其
咖啡壶

小巧精致
的咖啡杯

土耳其旅行途中最受欢迎的纪念品。

尝尝烤青
花鱼。

特拉布宗烤
鱼店大叔

土耳其语中，鱼叫做 balik，
在土耳其，烤鱼店很多，
而且物美价廉！

青花鱼、大马哈鱼、虹
鳟鱼等等都很受欢迎！

不管去哪里，几乎都会吃这些，不知不觉有了感情。

酥脆喷香的土耳其面包

SOMUN!

大得吓人的土耳其馅饼

EKMEK!

有可爱的蜂窝头的土耳其大饼

软软的土耳其卷饼

PIDE!

YUFKA!

美味的土耳其面点，尝尝就停不住嘴。

在土耳其尽享土式早餐

　　在土耳其旅行时，会发现各地的早餐几乎都差不多。煮熟的鸡蛋，褐色的咸橄榄，酸酸的土耳其奶酪，鲜红的熟西红柿，还有酸黄瓜，当然还离不开土耳其人超级热爱的热红茶和新鲜出炉的酥脆土耳其面包（Ekmek），所有这些加在一起就是一顿丰盛的土式早餐，所有这些食物都采用了土耳其国内自产的新鲜食材，非常健康。看上去可能很简单，不过却神奇地达到了均衡营养的效果。在土耳其面包上涂满优质的土耳其产蜂蜜或是甜蜜的樱桃酱，一口吞进嘴里咀嚼一番。那滋味，所有的睡意都被驱散了。

▶　清晨一早，在大街上溜一圈，随处可以看到人们悠闲地翻着报纸、享用早餐的身影。如果走上前去，打个招呼，偷偷瞄一眼他们的食物，就会发现大家吃的东西都差不多。而且过不了一会儿，亲切和善的土耳其人就会邀你共进早餐。这个时候，不妨厚着脸皮坐下来，边吃边聊吧，那也是很有乐趣的哦！

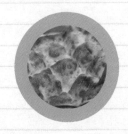

　　这美味又营养的土耳其早餐关键在于什么呢，当然是酥脆的土耳其面包！这家伙表皮酥酥脆脆，里面绵绵软软，吃起来很像法棍面包。无论在哪一家餐厅，无论那家餐厅的主打菜色是什么，这土耳其面包都是基本中的基本。更重要的是，它还不要钱啊！土耳其以丰富的谷物生产量而自豪，是世界上少数几个能做到食品自给自足的国家之一。不仅如此，土耳其人在不厌其烦地把本国自产的食物吃了又吃之后，还能向全世界出口粮食。就凭这一点，全世界的人民也要感谢他们！不过这个国家的谷物消耗量也是同样惊人。据统

铺上席子，席地而坐，品尝早饭，再来上一杯土耳其茶。

计，在德国，每年人均谷物的消耗量大概是 74 公斤；而在土耳其，则是将近 230 公斤呢。很夸张吧！对于这样一个热爱面点的民族来说，面点的价格当然也是一个敏感话题了。实际上，在土耳其政界还有一个花边新闻。据说在首都安卡拉（Ankara）的市长选举中，某位候选人正是因为提出要降低面点价格的主张而当选的呢。

① 这是基本的早餐色彩，再加上土耳其面包和土耳其茶就完美了！

② 面点店的大哥咔嚓咔嚓把面包切开特拉布宗的土耳其面包天下第一。

③ 土耳其名产樱桃酱和酸酸的奶酪的完美结合，那味道让人一吃就停不了嘴。

④ 配上咸咸的橄榄，再来一杯热气腾腾的土耳其茶！

⑤ 铺开报纸、席地而坐的迷你公交车司机，祝您用餐愉快哟。

除了面包之外，土耳其还有各式各样的面点。比如：土耳其卷饼（Yufka），其做法是把面糊像摊煎饼一样薄薄地摊成一个大饼，无论是模样还是味道都很像煎饼。吃的时候要用手撕碎，包上土耳其烤肉（Kebab）和蔬菜什么的一起吃。还有土耳其大饼（Pide），其做法是把面糊发酵得硬硬的，揉成一团，用手指尖捏出一些奇妙的花纹，然后烤来吃。土耳其大饼很像厚厚的比萨坯，吃的时候也要放上土耳其香肠、鸡蛋、蔬菜等各种馅料烤着吃。土耳其人还说这土耳其大饼正是意大利比萨饼的原型呢。

在土耳其旅行的时候，千万不要忘了品尝土式早餐，用美味的土耳其面点填饱肚子呦！

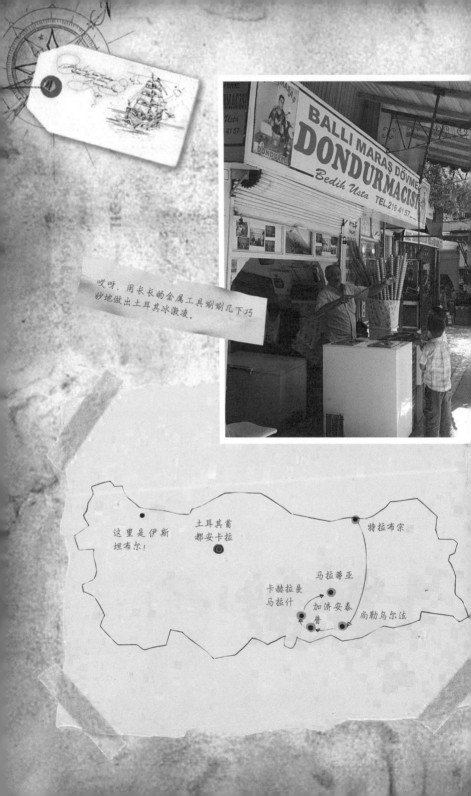

哎呀，用长长的金属工具唰唰几下巧妙地做出土耳其冰激凌。

BALLI MARAS DÖVME
DONDURMACISI
Bedih Usta TEL.216 41 57

这里是伊斯坦布尔！

土耳其首都安卡拉

特拉布宗

马拉蒂亚

卡赫拉曼马拉什

加济安泰普

尚勒乌尔法

韧劲十足的土耳其冰激凌

神奇的土耳其冰激凌，又黏又韧又甜，现在已经是举世闻名的甜点，那韧韧的口感让人忍不住怀疑其中是否加入了糯米粉或是面粉之类的东西。

尚勒乌尔法的土耳其比萨最棒了！

特拉布宗的土耳其面包很有名。

加济安泰普的土耳其千层派。

尝尝卡赫拉曼马拉什的土耳其冰激凌。

马拉蒂亚的杏要来点！

不远万里去寻找美食，发现土耳其的东部地区和南部地区完全是美食之乡！

175

传说中，土耳其冰激凌最早起源于东部小城卡赫拉曼马拉什（kahramanmaras）。很久以前，卡赫拉曼马拉什经常下大雪，人们把雪保存在洞穴里，使其不至融化，到了炎热的夏天，就在冰上浇上葡萄汁吃。后来又加入了高山地区常见的兰花球茎磨成的兰茎粉以及山羊奶进行调制，使冰激凌口感变得更加绵软，而且有韧劲。这就是土耳其冰激凌的起源。野生兰花，这个材料听起来很独特吧。在土耳其，这种兰茎粉不但添加在冰激凌中，人们还会把它加入热牛奶中，像喝茶一样饮用。在土耳其的各大超市里也经常可以看到有速溶

酥脆甜蜜的土耳其千层派和黏稠爽口的土耳其冰激凌的结合！

土耳其冰激凌，像画图一样可以挑起。

兰茎粉卖，至于味道嘛，有点像微甜的牛奶。

　　旅行途中，在土耳其各地都可以见到冰激凌商贩用食物和表演吸引着游客。他们戴着华丽的帽子，身穿马甲等传统服装，帅气地用长长的金属工具刷刷几下巧妙地做出冰激凌，完全值得留张照片作纪念，可惜他们做出来的冰激凌味道却着实一般。还是让我们去土耳其最负盛名的冰激凌连锁店玛岛（Mado）去品尝一下正宗的土耳其冰激凌吧！玛岛在全国都有分店，店面装潢简洁明亮，像星巴克和香啡缤之类的咖啡馆一样，是旅途中消解疲乏的好地方。这里的冰激凌非常有名，号称要切着吃。百闻不如一见，的确要刀叉并用才能吃到。与那些入口即化的普通冰激凌相比，土耳其冰激凌的空气含量极低，很不容易融化，因此口感也是黏黏的，要切了吃才比较方便。在玛岛，不仅有土耳其冰激凌，还有酥脆的果仁蜜饼土耳其千层派（Baklava）等各式传统甜点。大部分客人都会点道甜点配上冰激凌一起吃。那我也跟着一起尝试一下吧。不是吧，怎么这么甜！可是这甜味却让人十分上瘾，不知不觉之间，整整一碟就被我吃光了。

在土耳其东部旅行时，我有机会去往卡赫拉曼马拉什省，在那里找到了玛岛的老店。这间叫做亚夏（Yasar pastanesi）的冰激凌店非常宽敞，举世闻名的土耳其冰激凌就是在这里被制作出来，逐

玛岛1号店最受欢迎的甜点，吃完了肚子就饱

来吧，夫人，巧克力味的土耳其冰激凌好了。

渐走向世界的。店员不等我点东西，直接送上了雪白的冰激凌。当然，还可以根据个人口味，加点果仁蜜饼。至于味道嘛，其实和土耳其其他各处的玛岛店里所做的没有什么差别。不过因为是起源地，还是要照张照片留念啦。

可爱的3名土耳其小学生，手里拿着男女老少都喜欢的土耳其冰激凌！

用鸡胸肉做成的鸡胸布丁,是一道又黏又甜的甜点.

总统官邸也经常来 "Imam Çağdaş" 吃的特色土耳其千层派,味道当然是最好的!

浓浓的甜味

　　如果要细数一下所有务必要一尝为快的土耳其美食，那真是100根手指也数不完！热腾腾的汤，爽口的沙拉，喷香的面点，各种各样的美味开胃菜和土耳其烤肉……放开胃口将这独特的各式菜色——品尝一遍，然后顾不上喘口气休息一下，甜美的甜点就又该登场了。我必须要强调的是，土耳其甜点不是普通的甜呦，是那种极为浓郁的甜。话说土耳其的牙科医生应该因此都很忙吧。

吃了血糖瞬间飙升，后脊梁都发麻。

181

土耳其甜点，可怕啊！ 而且

　　土耳其甜点大体上可以分为两种：一种会
用牛奶炖得烂熟，另一种则会用蜂蜜、砂糖
做的糖浆做得黏黏韧韧的，最具代表性的是
在炖牛奶里加入大米制作而成的甜米饭布丁。
此外还有会像胶水一样黏在你舌底的牛奶布丁，
加入了鸡胸肉却丝毫尝不出鸡肉味道的奇特鸡胸
布丁，以及打造诺亚方舟的诺亚老爷爷做的土式八宝粥，等等。
尤其是土式八宝粥，关于其由来还有个非常有意思的传说。据
传，有一天，诺亚在方舟上闲得想吃些东西解闷。于是试验着把
无花果、胡桃、鹰嘴豆、葡萄干、桂皮粉、生姜、康乃馨花籽等
厨房中所带的五万余种各式各样的吃食全都搅和在一起，做出来
这么个东西，居然还挺好吃，就这样一直流传到了今天。在英语
里，这道甜点的名字就叫做"诺亚的布丁"。
　　土耳其甜点往往是在酥脆的酥油饼中加入蜂蜜、糖浆，然后
再加入大量的榛子、开心果、胡桃等坚果。在优质的土耳其产蜂
蜜中再加入那么多举世闻名的土耳其产坚果，不好吃才怪呢。土
耳其千层派是在薄薄的酥饼中间满满地撒上一层碎开心果；热阿

拉伯乳酪酥皮点心则加入了酸酸咸咸的奶酪。此外还有许多许多。在这其中，土耳其千层派是最受欢迎的代表性甜点。无论是走亲访友，还是在各种重大节日，甚至遇到别人家儿子参军，土耳其人都会包上一份千层派互赠，可见它是多么受到土耳其人民的喜爱。

无论是用牛奶做的还是用蜂蜜和糖浆做的都有一个共同点，那就是它们全都黏黏的，味道非常甜。这里所说的甜可不是那种微微的甜，而是浓重的甜，让人不知不觉地喊出声来："怎么这么甜啊！"不过这也正是土耳其甜点轻松捕获全世界人们欢心的魅力所在，是它能让人们放松身心、不停大吃的魔力之源！毫不夸张地说，我在旅行途中之所以一定要去土耳其东部安纳托利亚省（Anatolia）的加济安泰普城（Gaziantep），就是为了要去土耳其千层派的发源地尝一尝这道甜点最初的味道。这里同时也是土耳其开心果的主要产地，街面上每两家店铺中就有一家是制作土耳其千层派的专卖店。

不过这些美味的点心全都那么黏黏的，让人很难买回国去做礼物。只能一人独享也太可惜了吧，这时候我就要向您推荐土耳其软糖了！土耳其软糖被称为"土耳其之乐"，每一个来土耳其观光的游客都会双手拎着这东西离开。土耳其软糖在制作过程中使用了榛子、胡桃、花生、开心果等大量坚果，是一种甜蜜的果冻状甜点。最独特的是，其中还加入了玫瑰水，使香气变得更为诱人。在土耳其，人们还会把玫瑰花做成果酱和点心，闻上去异香扑鼻，吃起来也颇为美味，有机会一定要尝一尝呦。

吃了这么多土耳其甜点，如果您觉得还甜得不过瘾，那下

① 薄薄的油酥、开心果和蜂蜜的完美结合。

② 小小的店铺，所有工序都是手工完成的。

③ 用牛奶和大米做成的甜米饭布丁，要吃凉的才好吃。

面这道甜点应该可以说算得上是强力一击了——那就是芝麻蜂蜜糖。制作的时候，在面粉中加入食用油，放在火上加热搅拌，同时加入芝麻、胡桃、开心果等各种坚果，等到烤出香味后，再从火上拿下来放凉，使其变硬。一开始我以为可能就是那种香香甜甜的口味，咬了一口，顿时就被震撼了。那甜得有些恐怖的味道仿佛在我的后脑勺上狠狠地打了一下，刷地从口中涌入脑中。芝麻蜂蜜糖是土耳其人在葬礼上招待客人的传统甜点，一般都很硬，不过也有那种糊状的，可供人涂抹在面包等点心上食用。在超市和市场，都能轻松买到包装整齐的芝麻蜂蜜糖。各位勇士们，快去挑战一下吧！

所有热爱甜蜜滋味的人们啊，快背起行囊奔向土耳其吧！

浓郁的土耳其咖啡，能感受到咀嚼咖啡末的口感。看来今天晚上是睡不着着了。

闪闪发光的土耳其咖啡壶

精致小巧的土耳其咖啡杯

土耳其旅行途中最受欢迎的纪念品。

来到土耳其咖啡的世界

　　意大利特浓咖啡，不知是否投您所好？小小的杯盏，里面盛的是那么一点点浓浓的咖啡。可是说起浓郁，土耳其咖啡（Turk）与之相比可丝毫不逊色！据说一杯喝下，能一天一夜不睡。虽然有点夸张，不过土耳其咖啡味道之浓由此可见一斑。

我当然也买啦。

漂亮漂亮！

土耳其将伊斯兰教奉为国教，在土耳其的任何一个地方，清真寺永远占据着广场的核心位置。从清晨一早到夜半时分，这里都在进行着宗教仪式，要求信徒们怀着虔诚之心顶礼膜拜。可是总有一些时候，难以抵挡困意的来袭。于是在很久以前，就有人把咖啡豆磨成粉，涂在面包上吃，以驱逐睡意。之后又发明了把咖啡豆泡水喝的方法，逐渐地广为人们所接受。到了 16 世纪之后，这种方式完全大众化，在全国各地都出现了这种土耳其咖啡，咖啡屋也成了土耳其男性谈天说地的地方。因为自古以来伊斯兰文化中就有着女性不得外出的特别禁忌，因此直到今天，咖啡屋 99% 的客人依然是男性。这样一来，像我这样的女性游客只要向里张望一下，都会引起很大的轰动。

现在让我们尝试一下制作土耳其咖啡吧。首先要把炒得乌黑的咖啡豆细细研磨成粉末准备好，然后在铜咖啡壶中加入一杯水，并加入两至三勺左右的咖啡和糖。再把壶放在微火上，手握长长的壶柄，慢慢地摇着壶。要注意的是，烧的时候不是

① ②
③ ④

① 土耳其咖啡壶买来做礼物也是备受欢迎的。
② 在校长室里被招待的咖啡，我会好好品尝的！
③ 叮叮当当打造咖啡壶的铁匠大叔。
④ 看看那咖啡豆旁边赫然占据一席之地的雀巢咖啡！

要让咖啡一次性烧开，每当咖啡要烧开的时候就要把壶挪开，然后再重新烧。这个繁复的过程需要反复 20 分钟左右，真是想想就觉得胳膊酸。在土耳其旅行时，我曾经参观过一所规模很小的乡村小学，校长热情地招待了我。结果我在回答主人"想喝什么"的问题时，也没多想就说"请给我一杯土耳其咖啡"。时至今日，我还记得准备茶水时主人微妙的表情变化。对不起呀，当时我真的不知道喝个土耳其咖啡要这么麻烦呢。那么味道如何呢？因为煮了这么久，咖啡的味道非常浓也非常苦，同时也能尝出糖的甜味，口腔中还能感受到咀嚼咖啡末带来的独特口感。而且喝过之后，牙齿上会沾满咖啡末。如果是在相亲时不幸点上这么一杯，保准你一杯土耳其咖啡下肚，露齿一笑，相亲失败率 100%。

不过近年来，土耳其人似乎更加偏爱速溶咖啡，雀巢咖啡更是备受人们喜爱，在某种程度上已经成为了咖啡的代名词。甚至在一些看上去十分讲究的餐厅和咖啡馆里，如果点咖啡，侍者都经常会送上速溶的雀巢咖啡。此外，还会不待客人吩咐，就加上大勺的糖！我是一个不喜欢在茶、咖啡里加糖的人，所以每一次都会瞪大眼睛、扯着嗓门喊："千万别给我加糖！"不过，每一次（真的没有一次例外）端上来的咖啡都会甜得我舌头发麻。我只好猜测，可能土耳其人认为多多加糖是为客人提供优质服务的专门举措吧。

点土耳其茶可以享受送货上门服务，无论在哪里都可以轻松点来喝。

在土耳其茶之乡里浔品一杯热茶。

土耳其人，血液中都有土耳其茶在流动

Good morning！（早上好）清晨一早，爬起床来，品尝美味的土耳其早餐时，少不得要来上两三杯热气腾腾的红茶——土耳其茶（Cay）！饱餐一顿之后，起身出门，在街上悠闲漫步，这时候碰上某人，二人目光相对，微微一笑，问候脱口而出："Cay？"哎呀，既然蒙您相问，奉茶一杯，我自然不胜感激！喝过一杯茶后，继续闲逛，又碰到某人，又是一句问候："Cay？"OK，再来一杯！逛市场的时候，衣服店、水果店、蔬菜店、奶酪店、围巾店……所有店家的店员们看到我都会以"Cay？"打招呼。去餐厅吃饭，会不由分说送上一杯热茶。在甜甜蜜蜜的甜点店里吃了好吃的东西也要喝茶，参观博物馆、参观清真寺……无论去什么地方，都是茶，茶，茶。啊，土耳其人怎么这么热爱茶啊！

土耳其人每天的饮茶量达到了惊人的程度，他们一天至少要喝上二三十杯土耳其茶。不过土耳其茶杯也就和韩国人喝烧酒用的酒杯差不多大小，所以二三十杯应该也还不会令身体难以承受。在炎热的土耳其东部城市尚勒乌尔法（Sanliurfa），我曾经遇到过一位市政府的公务员大叔，他告诉我，土耳其人的血液里都有土耳其茶在流动。在土耳其的某些地方，别人劝茶是不能拒绝的。拒绝一个人的茶就是拒绝一个人的友好之意。

喝一杯

　　土耳其茶的特点在于味道新鲜，颜色会透出红色光亮。据说在黑海沿岸地区大量生产着土耳其茶。如此一来，我自然要去探访一番！从大城市特拉布宗（Trabzon）搭乘小公共汽车，1小时左右即可到达温馨小城里泽（Rize）。这里果然是土耳其茶之城。里泽从1930年前后就开始培育土耳其茶，时至今日，仍然大量生产茶叶，可以说为土耳其人民的幸福生活提供了保障。特别值得一提的是，这里有土耳其茶业商会运营的土耳其

传统茶屋。这里视野辽阔，风景独好。一杯茶大概要韩币 200 至 300 元（合人民币两三元钱）。品茶时，总会有满眼好奇的土耳其人走上前来搭话，然后就是无限循环的"Cay？"因为一杯茶的价格也不贵，所以大可以轻松愉快地接受他们的好意招待。在土耳其传统茶屋四周是广阔的茶园，气氛相当宜人。嫩嫩绿绿的茶叶看上去非常健康。被茶香包围着，让人不由想要漫步茶园之间。如果到访里泽，一定要来这里，品一品茶，消磨时光。

下面就让我们挑战一下，亲手制作土耳其茶吧！其实，土耳其茶如果像普通红茶一样煮是完全没有问题的，不过还是让我们使用土耳其特有的铜茶壶吧。粗粗打量一下，会以为这铜茶壶和普通茶壶没有区别，不过如果揉揉眼睛仔细看清楚，就会发现居然有两层！下面一层在煮开水，上面一层则煮着浓浓的土耳其茶，要把它稀释到适合品尝的程度，然后倒入土耳其茶杯。土耳其茶杯是玻璃制成的，线条流畅。把茶水倒入茶杯后，再加入一块方糖。我自己喝茶经常不加糖，可是热爱甜食的土耳其人永远会在

① 茶馆里99%的客人都为男性，这里是本地区大叔们社交的场所。
② 里泽的茶园，小小的嫩叶在噌噌地生长呦。
③ 两层的土耳其茶壶。体积太大真让人头疼，可是还是想买啊。
④ 爱茶的土耳其人连野餐时都要带上茶壶。
⑤ 被这里的爷爷招待喝茶，土耳其人真是四目一对茶字就会脱口而出。

茶水中加入一块乃至两块方塘。

　　结束旅程之际，我开始超级纠结了起来。啊，到底要不要买一个土耳其茶壶带回去啊？看来，我在不知不觉之间也中了土耳其茶的毒。啊，搞不好我血液中的茶浓度也不逊于土耳其人呦！

土耳其烤肉慢慢地转着，从外到里慢慢烤熟。

烤肉店大叔清晨一早正在准备一天生意所用的材料。

这个，那个，都是烤肉

　　说到土耳其会自然而然想到什么？土耳其的名山名水名人名物虽多，对于我来说，第一时间会想到的，还是土耳其烤肉！

最常见的饭馆。 Lokanta

Kebapsi 烤肉专门店。

专门卖汤的店。 Çorbaci

如果搞不清楚的话就直接去 Lokanta 好啦，那里也卖烤肉和汤。

199

在伊斯兰教中，猪肉是禁止食用的，但牛肉、羊肉、鸡肉等等都是可以的，再加上还有品种繁多的新鲜蔬菜、香料以及令人眼花缭乱的不同料理方法，自然而然，烤肉也就有了五花八门的种类。在土耳其广阔精深的饮食文化面前，我不禁双膝一软，拜倒下来。天啊。这可真是吃到死也不可能每样都品尝到！据说，曾经有一位奥斯曼帝国的苏丹威胁他的厨师说："如果哪一天我吃到了自己以前吃过的菜，我就杀了你。"哎呀，可怜的厨师大人，您当时为了打造每日不同的菜单该怎样殚精竭虑呀？不过正是托了您的福，后世的人们才能品尝到如此丰富美味的料理。土耳其菜能够跻身世界三大菜系，这其中恐怕也少不了这位厨师大人充满血与泪的贡献吧。

烤肉的种类多种多样，这其中最有名的要算是卡巴（Doner），把用调料腌好的肉宽宽铺开，用签子竖着穿好，放在火上烤。烤的时候就会从外向里慢慢烤熟。把烤熟的部分用特制的刀子薄薄地切下来，夹在土耳其卷饼或是土耳其大饼里，再加

在味道清淡的土耳其大饼里卷上烤鸡肉吃一口。

上各色蔬菜一起吃。这种烤肉做出来全无油脂，味道清淡，甚至有几分干涩。而洋葱烤肉串（sis kebab）也是不可小觑的知名菜色，在制作时，要用尖得都可以拿来斗殴的签子把切成大块的肉、洋葱还有辣椒等都穿好，然后放在火上烤制。此外，不同的地区都会有自己独特而著名的烤肉做法：阿达纳（Adana）地区有着悠久历史的阿达纳烤肉，味道甜辣；而伊斯坎德尔（Iskander）烤肉，则是用酸酸浓浓的酸奶制作的独特的羊肉菜肴；尚勒乌尔法地区的烤肉也备受欢迎，是把切碎的羊肉用辣辣

① 伊斯坦布尔艾米诺努港口名产烤青花鱼。香喷喷的，没有腥味。
② 这里的青年点上一杯稀酸奶，配上烤肉，悠闲地享用午餐。
③ 用辣椒拌制成的尚勒乌尔法名菜：乌法烤肉。
④ 像豆腐一样洁白的稠酸奶，配上伊斯坎德尔烤肉！

的调料腌好，做成丸子，烤好后配上甜茄子一起吃。

如果吃腻了烤肉，还可以换卡夫特肉饼（kofte）尝尝。所谓卡夫特肉饼，简短些说，就是肉丸子或是煎肉饼。在绞碎的肉中加入各式切碎的蔬菜，再加入各种香料捏好。这道菜主要使用羊肉，有时候也会用牛肉或是鸡肉代替，不过因为总会放进同一台机器中搅碎，做出来的味道永远都能尝出一丝羊肉味。在各式卡夫特肉饼中，用烤架烤制的羊肉片肉饼（Izgara kofte），炭火香撩人；使用了加入番茄的酱汁烤制的伊兹密尔肉饼（Izmir kofte）则味道一绝。不过如果您觉得自己更希望挑战从未尝试过的味道，我就要向您强力推荐这道生丸子（cig kofte）了！在切碎的肉里加入各类调料和酸奶，再加上水，搅拌好。然后是不是就要煎烤烹炸一下啦？不，就这么生吃！想想觉得挺古怪的，不过吃起来酸酸的、黏黏的，味道还挺不错。

对于我这种坚定的食肉主义者、纯粹的肉食动物来说，土耳其就是那流淌着蜂蜜和牛奶的天堂，就是那让人沉迷其中的黄金之乡！

清晨早起没有胃口？旅行途中身心疲惫？
这时候，土耳其浓汤无异于一剂补药！

不知不觉间对
汤锅有了感情。

热乎乎的扁豆
浓汤。

散发着香草的气息，喝了之后肠胃很舒服。

呼

喝碗热汤暖暖胃吧

　　一早喝一碗热汤，胃里一天都会暖融融的。土耳其人对此也深有同感，很多早起上班的土耳其人都会到餐厅里喝一碗热汤。能够让人胃底心头都暖暖的热汤，土耳其语称为土耳其浓汤（Corbasi）。一日三餐，随时都可以享用得到！在等待所点的菜肴上桌之际，就可以用土耳其面包或是口感筋道的土耳其大饼蘸着土耳其浓汤美餐一顿了。

扁豆浓汤中加入了大量的香草和辣椒粉，喝了之后肠胃暖暖融融的。

最常吃的土耳其浓汤要算是扁豆浓汤。土耳其扁豆，有的呈黄色，有的呈橘红色，是土耳其菜肴中经常会用到的谷物。把这土耳其扁豆煮熟，加入黄油、鸡蛋黄、牛奶等煮沸，就是扁豆浓汤。然后再加入少许薄荷和牛至等香草，就会散发出独特的香气，使人闻了感觉十分舒适。所有土耳其餐厅，无论大小，都会有扁豆浓汤这道菜，可见这是一道多么基本的土耳其式热汤。

西红柿浓汤也是不能不提的一道常见汤品，可以说是备受欢迎。这道红红的、酸酸的热汤，其主要食材是西红柿。不过说实话，这道汤我总是有几分吃不惯。相比之下，西红柿香草浓汤更合我的胃口，它用豆子、米、土豆、西红柿等食物煮成，添加了

汤的原材料——红色的土耳其扁豆，还有
黄色的咖。

黄油和香草，味道微辣，口感绵软，香气扑鼻。这道西红柿香草
浓汤背后还有一个小故事。有一位叫做艾佐的姑娘，离开土耳其
远嫁到了邻国叙利亚。在那里，她深受思乡之苦，食不知味，郁
郁寡欢。某日，她把厨房里的各种食材全都放入锅中煮了一锅
汤。煮好后一尝，这不正是日思夜想的土耳其味道吗！

　　在这各种各样不同口味的土耳其浓汤中，我最喜欢的还要
算是肠肚杂汤，所用的材料就是羊内脏啦！在土耳其，可以看
到很多人清晨一早找一家专卖肠肚杂汤的店铺，喝上一碗汤，
把前一天夜里喝酒宿醉的醺醺酒气彻底驱散。肠肚杂汤里放了

西红柿香草浓汤口感很好。

还有凉凉的浓汤！酸奶和黄瓜的完美结合，酸奶黄瓜凉汤！

许多大蒜末，又加了大量土耳其辣椒粉，喝下去能把 10 年前的酒气都驱散了！

接下来，我要向您推荐一款真正清新爽口的浓汤了。这道汤是在酸酸凉凉的酸奶里撒满切得细碎的黄瓜做成的酸奶黄瓜凉汤。一听名字就能想象出那味道！用餐前品尝，可以清爽唇齿；用餐中品尝，则和肉类食物搭配得当。更为特别的是，它能一举去除羊肉的腥膻，是土耳其旅行时必尝的一道佳肴。

土耳其浓汤已经成为了土耳其人饮食生活中的一部分。热乎乎的汤，口感是那么绵软，喝下去就是一剂温暖远游他乡的旅人的良药啊！

每一个餐厅都至少会做一两种土耳其浓汤。

用来醒酒也非常好。

咯吱咯吱嚼一嚼

　　土耳其是一个被神祝福的国度，全国到处都是吃的东西：各地不同风味的烤肉，甜蜜的水果，新鲜的蔬菜，还有红酒……食物充盈，让人不能不羡慕。特别是土耳其产的坚果，极为优质，备受喜爱。

味道好又健康，就像小点心。　　咯吱咯吱

加济安泰普的名产开心果，每家店里都装得满满的！

　　在各种坚果中，土耳其的榛子是最受欢迎的，全世界消耗的榛子有 80% 产自土耳其。哎呦，出口收入一定很惊人吧。坐上土耳其航空公司的飞机，从踏上土耳其之旅的那一刻开始，空乘人员就为每位乘客分发了一袋香脆的炒榛子作为机内小食。飞机上播放的影片和摆放的小册子上也有很多土耳其政府制作的榛子宣传广告。话说土耳其政府非常重视宣传工作。我似乎在踏上土耳其的土地前就已经被洗脑了，哈哈哈。

　　在吉雷松（Giresun）、奥尔杜（Ordu）、特拉布宗等黑海沿岸地区，榛子生长得十分茂盛。我曾经在特拉布宗游览了一番，果然四面八方都是榛子树。在很多土耳其菜肴中，都会加入大量香脆美味的榛子。榛子的用途很广，最广受欢迎的用途之一是用于制作巧克力。世界知名的巧克力生产厂商瑞士莲（Lindt）和吉百利（Cadbury）等公司都会从土耳其大量进口榛子。此外，还可

土耳其航空公司提供的机内小食榛子。

还有未成熟的小开心果果实卖，这玩意能做什么呢？

剥开紫色的外壳，就露出了我们熟悉的开心果！

用各类坚果制成各种各样的，其中之一就是开心果咖啡。

以制成榛子酱，像花生酱一样涂抹在面包、饼干上吃，也可以作为高级菜肴食用油的原料。

　　不过土耳其坚果有名的又何止榛子，开心果也是不容错过的哦！土耳其东部地区的加济安泰普是最具代表性的开心果产地。我们常见的开心果都是已经去掉外壳炒熟了的。而在这里，却可以看到无数包着漂亮紫色外壳的"原始"开心果。哇，原来开心果长的是这么个模样。其实紫色是开心果成熟之后的颜

在土耳其，坚果类零食比土豆片之类的东西更受欢迎。

甜甜的土耳其软糖，里面加满了榛子和胡桃。

把榛子像花生一样做成酱，也备受欢迎。

色。在此之前，它是青青的、嫩嫩的淡绿色，挂在枝头，看着也令人感觉十分新奇。在加济安泰普，不只是开心果有名，用开心果制作的土耳其千层派也十分有名，满街都飘散着香甜的味道。

不能吃了！可是实在太好吃了。

呜呜。

香甜美味的马拉蒂亚杏，一吃就停不了嘴!

杏味可乐很神奇吧? 不过味道很一般啦。

杏吃多了会闹肚子，整整24小时，噩梦般的一夜啊!

杏，杏，杏！

　　安纳托利亚地区，位于土耳其东南部，游客们大部分是为了见识世界八大不可思议的奇观之一——人像山（Nemrut Dag）而来此短暂停留。不过我嘛，不辞辛苦地来到安纳托利亚的马拉蒂亚（Malatya），目的主要还是为了一个字：吃！

土耳其旅行后的恐杏症

马拉蒂亚人引以为傲的市中心杏造型雕塑。

这里最好吃的就是杏，全世界消耗的杏干有 80% 产自马拉蒂亚。仅在这一个地区就栽培有 400 万株杏树，种植规模真是惊人！这里不仅生产新鲜的杏，还有杏干、冻杏、果肉罐头、果汁、果冻、果酱、盐渍杏、蛋糕，以及用杏做的食用油、化妆品、香水等等。马拉蒂亚人不断地对杏进行着商品化试验。观光处的介绍手册上说，杏对人的肝、牙齿、骨骼、血液循环都非常有好处，还有预防癌症的效果。这不是成了灵丹妙药了吗？不过即便没有上述这些效果，马拉蒂亚杏还是备受人们喜爱。这是为什么呢？当然是因为它颜色金黄，滋味诱人了！在市场里逛一圈，很快就能找到卖杏的摊位。这里的杏堆积如山，一个个金黄透亮。商贩大叔们看我一个东方女孩子挎着相机转悠，都非常好心地塞上五六个杏给我。其实我也吃过杏，但咬了一口之后我依然震惊了。天哪，原来马拉蒂亚杏是如此清爽甜美，仿佛结合了黄桃、白桃、油桃的优点，又融合了杏的长处。这一刻，我要重新树立起对杏的认识了！

马拉蒂亚不仅盛产杏，也是非常有名的桑葚之乡。我们平时

市场完全是杏的海洋，看着就让人流口水。

熟悉的深红色的桑葚自然是
非常美味，不过这里产的
新鲜多汁的白色桑葚更是绝
品。都不用走上很远，街道
两边就种着桑树，上面挂满
了熟透了的桑葚。正在垂涎
欲滴之际，路过的大叔们摘
下一捧递了过来。我吃了个
心满意足。啊，马拉蒂亚真
是个好地方！

哇！桑葚果实满含着果汁！

接下来，让我们怀着激
动的心情，去那条杏干专卖
一条街看一看吧。杏干是马
拉蒂亚的特产，品种繁多。
先从我们所熟悉的大杏干看起，
然后是杏核，看上去和杏仁差
不多，据说对皮肤很好；还有
用杏制成的传统点心，甚至还
有杏味的可乐。杏味可乐的味
道倒是和芬达橙汁差不多。美
味的白色桑葚也被大量商品
化了：像制作葡萄干一样在
阳光下晒制而成的桑葚干，
放在火上烤制而成的桑葚果
酱，再把果酱放在阳光下

用杏做成的干果也多种多样。

干燥制成便于咀嚼的口香糖，这些种类繁多的小吃全部不加糖，完全以桑葚自身的糖分制成，非常健康。

其实，除了杏和桑葚，这里的桃子、草莓、李子、樱桃等各种水果都非常有名。就这样，我在马拉蒂亚把美味的水果当饭吃了个够，真是太幸福了。

用桑葚做成的健康食品口香糖，味道很甜，可以在嘴里嚼啊嚼。

松松软软的土耳其芝麻圈

　　土耳其芝麻圈上撒满了芝麻，是一种口感硬硬、口味淡淡的面包，中间有一个洞，看上去就像唐恩都乐（Dunkin Donuts）面包圈和KK甜甜圈（Krispy Kreme Doughnuts）一样，是土耳其人的国民小吃。

土耳其芝麻圈男女老少都喜欢。人手一个，
边走边吃。

　　大街上既有商贩推着车，车上堆满如山的芝麻圈，四处贩
卖；也有店铺在装潢讲究的玻璃橱窗里精心排列的，供客人挑
选。街边卖的这些芝麻圈看上去泛着油光，沾满了芝麻，让人
觉得会像百吉饼一样，韧韧的。不过让人意外的是，它的表皮
虽硬，里面却很干涩，吃几口嗓子就发干了。其实仔细嚼一嚼
味道也不差，但如果不是刚刚烤好出锅、热气腾腾的，就会让
人觉得口感硬硬涩涩的，没什么味道。不过既然芝麻圈在土耳

嗓子发干时就来一杯传统饮料。这是一种泡沫细腻、散发着药草气味的无名饮料。

甜甜的玉米也是备受欢迎的小吃。煮熟后撒上盐，吃起来香喷喷的。

土耳其也有棉花糖？在人多的地方少不了棉花糖大叔的身影。

请排队！排队！忙着卖刚出锅的芝麻圈的摊贩大叔。

其是人人喜欢的国民小吃，肯定有自己独特的魅力。如果只有我体会不到不是太遗憾了吗？还是到芝麻圈专卖店"芝麻圈王宫"走一圈吧，这里是值得每一个到土耳其旅行的人都前来一游的地方。除了基本的面包圈模样的芝麻圈之外，还有加入了大量奶酪的，非常美味；有的芝麻圈加入了橄榄，咸咸的……各种各样的芝麻圈，其种类和味道都让人眼花缭乱。更重要的是，在这里可以在芝麻圈刚刚烤好，还热乎乎、松松软软的时候吃到口。再点上一杯饮料：红茶、咖啡或是刚刚压榨的鲜橙汁，配在一起吃简直太幸福了！

不过说到土耳其的国民小吃，又何止一个芝麻圈。土耳其人尤其喜欢吃蒸玉米，那个热情简直澎湃如火。街上卖玉米的摊位和卖芝麻圈的一样多。土耳其人吃玉米的方法十分简单，在蒸熟了的金黄色的玉米上撒上盐就可以了。当然了，除了蒸，人们也喜欢把玉米烤得香香地吃。

不过吃上一会儿，嗓子就开始发干了。让我们来挑战神奇的土耳其特饮吧！在熙熙攘攘的市场或广场，都能看到穿戴独特、拿着特别道具的饮料商贩。这种土耳其特饮像可乐一样，颜色发黑，含有丰富的气泡。看那气泡突突直冒的样子，会以为它是碳酸饮料。其实根本不是，而是一种散发着苦涩气味的药草水。原料不明的黑色饮料，这个到底要不要喝啊？我嘛，见到好奇的东西是一定要放进嘴里尝尝的。于是勇敢地一闭眼，一口灌了进去。嗯，比想象的要好嘛。

说起来，如果没有这些物美价廉的街头小吃，旅行又有何乐趣可言呢？

Gözleme!

在薄薄的煎饼上加上各种材料，然后香喷喷地用手撕着吃的土耳其包馅煎饼。

Kumpir!

在大大的烤土豆上满满地加上奶酪和腌菜什么的，这就是饱腹的小吃烤土豆！

两个都很好吃，而且味美价廉。

尚勒乌尔法的地区面点店，大概是我看上去很特殊，大家都追着我跑，冲我挥手。

餐厅桌上摆满了免费的面包。

free!

面点店里的土耳其青年在自豪地展示刚刚烤好的土耳其卷饼。

土耳其面点房

面点一定要吃新鲜出炉的，刚刚烘烤出炉的面点和工厂里批量生产的那些流水线商品完全不可同日而语！在土耳其，最好的一点就是，在城市的每个角落都有面点房，可以买到新鲜出炉的土耳其面包，随买随吃。这里的木质烤炉就像意大利的比萨烤箱一样常见。烤好的金黄色的面包，看着就让人开心。

不够的话再要啊.

就算只点一碗汤，也可以享用无限量的免费面包.这也太好了吧?

229

I ♡ EKMEK!!

黑海沿岸城市特拉布宗的土耳其面包味道最为出名，让我们去看看吧！一路追随着香味，来到一家面包房前。这家店门前堆满了柴火，店内的柜台里已经摆满了各式各样看上去就很美味的面包：土耳其面包，看上去非常像法棍，是土耳其面点的代表；土耳其馅饼又圆又大，如同满月；土耳其大饼是发酵面饼，厚实又有咬劲；土耳其卷饼则像煎饼一样，可以卷上蔬菜、烤肉一起吃……据说，这里的面点房会在每天早饭、晚饭时间，两次烤制面点出炉，而且供不应求。

其实，对于游客来说，去特拉布宗这种大城市参观干净整洁的面点房固然有趣，能去安纳托利亚这样相对小些的城镇探访那些小面点房也是很有吸引力的。去看看尚勒乌尔法那历史悠久的面点制作工艺吧。我走进一家小店，店员们正在制作土耳其卷饼。所有人都忙着用手把面揉成糊状，然后在炉上薄薄地铺成一层。这里可以向附近大大小小的餐厅和家庭提供送餐服务，将新鲜出炉的土耳其卷饼送货上门。在街上，经常可以看到小小少年怀里抱着纸袋，里面装满了土耳其卷饼，来回奔波。木质烤炉不仅可以烤制出各式各样的面点，还可以用来制作各式美味菜肴。店主会把西红柿、茄子、辣椒等蔬菜用调料腌制好，盛在大大的金属盘子里，放进烤炉里烤好，和卷饼一起送餐上门。之后，就能看到市场里的商人们三五成群，头挨头地享用美味午餐。如果这时候在旁边乖巧地和他们说说笑笑一番，商人们就会招呼你过来吃东西了。这个蹭饭窍门要记住哦！

土耳其木质烤炉，它和前面提到的意大利比萨烤炉十分相像。也许正因如此吧，人们才说土耳其也有比萨，那就是土耳其大饼和土耳其比萨（Lahmacun）。虽然在土耳其，那种厚实又有嚼头的发酵面点叫 Pide，不过那种在上面加上各种食材之后再烤出来的东西也还是叫 Pide。模样嘛，有我们熟悉的圆形的，也有把面团左右拉得很长，两端边缘轻轻折一下，做成船形的。制作时按照个人口味的不同，放上奶酪、鸡蛋、西红柿、茄子、羊肉，还有辣辣的土耳其香肠等各式食物进行烤制。不过对于我来说，喜欢土耳其比萨要更甚于喜欢土耳其大饼。土耳其比萨把切得非常精细的肉放入酸酸辣辣的调料中腌

土耳其大饼上加了辣肠和鸡蛋。我也要吃一块。

231

① 什么时候出锅啊？窗前排起长队，等着面点烤好。

② 拉得薄薄的土耳其卷饼面糊，放在木板上好放进烤箱烤。

③ 面点店不只卖面点，还会做各种美味菜肴，为附近的商人提供送餐服务。

④ 加了很多菠菜、羊肉、鸡蛋！土耳其大饼真的很像比萨饼。

好，把面团铺得很薄，然后把各种材料铺上去。此外，还会加入大量的欧芹、香菜等香气浓烈的香草。它比一般的薄比萨更薄，而且非常脆。咬上一口，真是香啊！土耳其比萨几乎没有加入什么油，再加上味道又辣，更不会觉得油腻。最重要的是它的价格也十分具有吸引力。这么说吧，大家都说吃一顿土耳其比萨是在土耳其解决一顿饭最便宜的方法了！

尚勒乌尔法距离叙利亚非常近，当时一听说这里是土耳其比萨的发源地，我便急忙跑去品尝。果然一吃倾心，让人欲罢不能，不虚此行啊！

把各式开胃菜各盛一点到碟中的
小菜拼盘！

美味开胃菜，每样都要尝一尝

今天中午吃什么呢？路边有很多看上去不错的餐厅哦。挑一家推门进去，橱窗里满满地摆放着华丽的食物，一下子抓住了我的目光。哇，菜的颜色也太漂亮了吧。食物的材料也是各式各样哦！土耳其人喜欢的西红柿、茄子、洋葱自不用说，还有土豆、各种豆类，以及面粉、米和各种谷类，更摆满了用肉类、海鲜等各种材料做成的食物。这简直是艺术啊！这各式各样的食物感觉就像在西班牙酒吧里见到的各式下酒菜一样。在土耳其，这就是吃主菜之前要吃的开胃小菜（Meze）了。

话说这些开胃菜真是非常华丽，有时候实在是太丰盛了，比起主菜来，它倒更像是一顿饭的主角，而且价格与烤肉相比也更为低廉。点菜的时候看着点就可以了，点完之后，马上送上。开胃菜的种类非常多，旅行一路可以一直点不重样的菜色吃，其中最受欢迎也最美味的要算是包饭（Dolmasi）。Dolmasi是土耳其语，意为"里面包得满满的"。物如其名。它用彩椒、洋白菜、葡萄叶等东西作为外皮，将大米、肉末、洋葱等材料用调料腌好，填进去做熟。这道菜不只在土耳其，在中东和希腊都经常能够看到。特别是用葡萄叶做的葡萄叶包饭以及用彩椒做的彩椒包饭，更要强力推荐！

酸奶拌菠菜也是其中一道美味。这道菜是把菠菜在羊油里炒一下马上出锅，再拌上酸酸的酸奶就大功告成了。番茄白豆滋味也很好，它是在番茄酱中把白豆做熟制成的。还有用茄子、羊肉煸炒出香味后做成的茄子肉末，香气扑鼻，是必须要品尝的开胃菜。而把蔬菜和肉一起煮熟做成的伊兹密尔肉饼则

用鹰嘴豆和小麦做成的开胃菜。点菜后很快上桌，不错哦。

非常适合我们的口味。

　　一般来说，所有这些开胃菜都是配上酥脆的土耳其面包以及土耳其米饭一起吃的。所谓土耳其米饭，就是用大米或是粗粗筛过的全麦面粉做熟的食物。用大米做成的米饭乍一看很像常吃的米饭，不过土耳其人的米饭是用黄油和羊油等炒过的，饭没有什么韧劲，会有些油，同时也更香。

　　"您用餐愉快吗？"这时候，店员会送上一杯红茶。于是边品茶，边招呼结账。这时店员又会送上一支长长的褐色的香草，土耳其语称为 Karanfil，即是香料"丁香"。店员说，在用餐后嚼

① 用葡萄叶卷着吃的初中生，我也要了几个吃。

② 饭后嚼上一枝丁香对牙齿好，而且异香扑鼻。

③ 把茄子和羊肉在油中煸炒一下即出锅的茄子肉末，用彩椒做的彩椒包饭。

④ 不同店家的开胃菜味道也各不相同，可以感受到土耳其料理的渊源。

一嚼丁香，可以去除口腔中的异味，对牙齿健康也非常有好处。啊，原来如此。我依言放入口中，一股奇妙香气在口腔中弥漫开来。随后，店员又在我的两手上洒上了柠檬香味的香水科隆亚（Kolonya）。据说，这是欢迎客人、恭祝客人健康的意思。这种贴心服务总是会让人心情大好呦。

在餐厅里把科隆亚香水洒在手上，这种情况很常见呦。

以前这科隆亚香水还被当做药用呢！

柠檬、玫瑰、橙子等各种香气。

在海边的特拉布宗还有鳀鱼味道的。

不是开玩笑哦！

在家里也可以简单做出的酸奶汤。今天要不要试做一下啊？

新鲜的酸奶黄瓜凉汤。

只要有黄瓜和酸奶就足够了。

在不甜的原味酸奶中加入切碎的黄瓜，再洒上点盐。

土耳其酸奶

　　土耳其酸奶以其又浓又稠的质感闻名于世，我第一次见识是在土耳其之旅刚刚开始的时候。当时我挑了家餐厅进去吃午饭，看着菜单琢磨了半天，点了一道伊斯坎德尔烤肉。切得薄薄的烤羊肉旁，不知为什么放了一块洁白如豆腐的东西。我完全摸不着头脑地尝了一口，哦，这不就是酸酸浓浓的原味酸奶吗？

又美味又健康，还有助于减肥。

土耳其酸奶是如此浓稠，甚至可以用叉子吃，让人惊叹啊！

说起来，土耳其人为什么会如此热爱酸奶呢？话说他们自古以来就过着游牧生活。牛、羊这些家畜都是人们的财产。因此，不管多么想吃肉，也不能不做计划，随便抓来就吃。于是人们就想到了用酸奶、奶酪这些乳制品代替肉类补充蛋白质。有人说，土耳其正是酸奶的发源地呢。

对于我们来说，酸奶是一种甜点，是一种小食，是一种偶尔会想起的甜美享受。可是对于土耳其人来

居然有 3 公斤装的酸奶，真了不起！

说，酸奶却是每天餐
桌上必不可少的食物。
有时候，在制作羊肉、
牛肉菜肴的过程中，
还会加入酸奶进行调
味。肉类搭酸奶看
上去好像是个莫名
其妙的组合，不过
羊肉特有的野性腥
膻气味和酸奶的
酸味实际上却是
完美搭配！真不

简陋的社区餐厅的手工制稀酸奶。还加了冰。
一口喝掉。

知道是谁第一个想到的，天才呀，真是天才！

又何止如此？把新鲜黄瓜切碎，拌入酸奶中制成的酸奶黄瓜凉汤
也很美味。还有加入各种香草煮成的热酸奶汤（Yayla Corbasi）
也是力荐菜肴。土耳其酸奶就像大酱、酱油一样，在土耳其家家
户户都会自己亲自发酵制作一些。当然，在超市、市场里也都很
容易能够买到。因为在土耳其酸奶的日消耗量非常大，所以这里
的酸奶一般至少都是 1.5 公斤装的。3 公斤装的也非常常见。瞧
瞧土耳其人对酸奶是多么热爱吧！

　　如果不喜欢这么黏稠的口感，有没有那种能够喝的液体酸
奶呢？当然有啦！其实土耳其稀酸奶（Ayran）在当地更为常见
哦！在酸奶中加入水或是碳酸水搅拌，然后放置一会儿，水上面
就会浮出一层脂肪层，把它去掉就可以享用美味了。根据个人口
味的不同，还可以加入盐或是略微添加些香气宜人的香草。土耳

① 各种各样味道和质感的土耳其奶酪。
② 把奶酪烤化，用面包蘸着吃，非常像瑞士奶酪火锅。
③ 加了很多酸奶的土耳其饺子，个头很小的。

土耳其葡萄酒很好喝。

写作 Sarap

其人一般不会自己做稀酸奶，而是像我们去便利店买牛奶一样直接买来喝。因为它方便卫生，大部分土耳其餐厅也有这种现成的稀酸奶提供。每天早起空腹喝上一杯，就根本用不到便秘药这种东西了。

　　既然说到了乳制品，就顺便再说说奶酪吧！土耳其奶酪（Peynir）非常美味。种类嘛，有那种口感清爽的，

奶酪、酸奶、黄油等乳制品的品质都很好。这种样子的黄油味道最好。

也有像莫扎里拉奶酪一样又韧又软的；有硬邦邦的，也有满是霉菌、散发着独特味道的。总之一句话，品种繁多。虽然土耳其奶酪不像法国奶酪、意大利奶酪那样声名远扬，我却有着强烈的预感，觉得它很快就能征服世界。在山区，土耳其人会把奶酪放在锅里，架在火上，待奶酪烤化之后，用面包蘸着吃，是不是很像瑞士的奶酪火锅？实际上，从味道和外观上看也真的很像哦。如果您喜欢吃奶酪，那么对这道菜一定中意。不过这道菜的副作用就是会让人非常想再点杯红酒尝尝，哈哈。

一片一片切着烤羊肉的厨师，很帅哦。

韩国有牛头汤饭，土耳其有羊头汤。

爱上羊肉的滋味

土耳其这个国家对于喜欢吃羊肉的人来说无异于人间天堂，随便推开一家餐厅的门，拿起菜单从头到尾研究一番，全是羊肉菜肴。这时候，喜欢羊肉的人唇边嘴角就会不自觉地露出一丝微笑了。

土耳其食物味道的秘诀，就是羊头。

什么嘛？

就是这里

土耳其比萨上面也撒了满满一层的羊肉！土耳其肉丸是把羊肉切得碎碎的，做成丸子状放在炭火上烤，又或者是和蔬菜一起放在番茄酱里做熟；洋葱烤肉串是把羊肉切成一大块

用石锅做的美味卡夫特肉饼，羊肉真是很美味啊！

一大块的用签子穿好放在炭香扑鼻的炭火上烤制；阿达纳烤肉和乌法烤肉是把羊肉切碎，放在土耳其辣椒中腌制好；茄子镶肉也是要把圆圆的、微甜的茄子切开，把羊肉切碎加在中间烤制；口感绵软的羊肉炒饭是要把羊肉放在锅中做熟后再放入缸内焖熟；还有用羊内脏煮成的鲜辣爽口的内脏

汤——肠肚杂汤，等等。天啊，羊肉菜肴的种类也太多了吧！吃着吃着，我都觉得自己身上也散发出了羊的味道。

可是说来说去，最有名、最受欢迎的羊肉菜肴还要算是烤肉。前面已经提到过了，把肉用调料腌好，铺开，竖着穿在铁签子上，从外面一层开始放在火上烤。然后切得薄薄的，和煎饼卷在一起吃。因为物美价廉，现在已经成为了全世界知名的快餐食物。清晨一早，经常可以看到烤肉店店主为一天的生意做着准备，把肉一块一块地穿在签子上。一天之内要把这么大一块烤肉卖完，主厨大人，要加油啊！

如果您去过土耳其东部的话，肯定也吃过热气腾腾的羊头汤，把整只羊头放进锅里煮，还加入了大量羊肉，不断地熬啊熬啊，就熬制成了浓香的羊头汤。浓浓的汤汁，撒上大把的辣椒粉，加入大勺的蒜末，搅拌搅拌，嘴里嚼着土耳其青辣椒，呼噜

肉铺里经常会把整只羊挂起来。

浓郁的一品羊头汤，加入蒜末，痛快吃一顿。

呼噜喝下去，保你连去年喝下的酒都一起醒了。大部分的羊头汤店的橱窗里都会整整齐齐地摆放着一整排弄得干干净净的羊头骨。在旅行途中，如果看到羊头骨，就可以放心推门而入，要一碗羊头汤尝尝鲜了。

用羊肉做的东西都很好吃！

不相信我吗？

卡夫特肉饼

MEMO

泰国

哇！小猫！

喵。

性格很好

漫步在曼谷街头，经常能遇到慵懒的猫咪。

旅行途中我的真实状态。

一日十食

饭要吃，面点要吃，甜点也要吃。

新鲜的西瓜秋冬吃！

甜蜜的山竹夏天吃。

气味奇特的榴莲春夏吃。

热带水果也要在当季吃才好吃！要事先留意！

柚子和番木瓜要冬天吃。

芒果在春夏吃最美味。

认真学习的状态

一个大叔学生在认真地闻咖喱粉。

清淡的炸鱼肉和酸甜爽口的芒果组合的沙拉!

结业证和纪念品,看上去不错吧?

满足。

第一次上烹饪课

您喜欢泰国菜吗？冬阴功、绿咖喱、泰式炒河粉、青木瓜沙拉、香辣粉丝沙拉……我们早已十分熟悉。不过呢，如果要想真正体味一个国家的美食，还是要收拾行囊，走出国门去看看。

学而时习之……

结果全都
忘光了。

怀着这种对食物的浪漫情怀，我四处游荡，吃吃玩玩，走过了三十多年的人生路。在泰国旅行时，我还不满足于简单地购买美味食物品尝，特地在网上细心搜索，报名参加了一个烹饪课程。这个课程的主办方是泰国著名的蓝象餐厅（Blue Elephant），在伦敦、布鲁塞尔、里昂、巴黎、哥本哈根等欧洲各大城市，以及迪拜、贝鲁特、莫斯科、马耳他等地都有分店！上课的地方就在地铁苏拉沙站（Surasak）前。早晨8点半左右，上午的课程就开始了。所有的学生被分为两组，跟在各自的老师身后，开始逛市场！我们前往附近的贸易市场，听老师为我们讲解各式各样的泰国传统食材。把椰果果肉挖出，放在火上烤干，做成的具有独特风味的椰糖；小小一只，却辣味冲天的泰国朝天椒……此外，还有各式调制出泰国饮食独特香气的香料。说起来，一个人逛市场固然有趣，不过要想学到东西，还是要像这样跟着专家边听讲解边逛才行。

今天的课程包括汤、沙拉、泰式咖喱以及炒菜四种。大家要先安静地坐在桌前看老师演示，然后再来到教室旁边的厨

老市场里的辣椒，小小一只，但好辣！

　　房里，穿上围裙，开始真正的实习。虽然老师精心准备了记录有详细步骤的菜谱分发给大家，可是还是需要聚精会神细听讲解。这样学习和实习穿插，分别进行4次，一共要上8节课。全部课程跟下来，整个人已经筋疲力尽了。但是一想到能够学会做美味料理，还是非常兴奋期待。我所学习的菜色是这四样：加入了柠檬香茅和柠檬叶等各式辛辣香料一起烹煮的辣鸡汤，酸酸脆脆的青芒果和雪白的煎鱼肉制作而成的青芒果鱼肉沙拉，加入了椰奶后变得绵滑香软的咖喱鲜虾——椰汁咖喱

① 准备好的干净材料，接下来老师就开始示范。
② "这是菜姆叶。" 老师为我们展示说明各种香草。
③ 我东张西望，可大家都在认真做菜。
④ 热气腾腾、辣而爽口的泰国汤。看着很美味吧？

　　好了，所有课程终于都结束了！我这样一个泰国饮食的新入门者居然也学会了做四道泰国菜！接下来就是期待已久的就餐时间。坐在华丽宽大的餐桌前，在舒适的氛围里开始享用愉快一餐。最后大家拿到了像模像样的结业证，还得到了好看的围裙和香料套装作为纪念品。离开的时候可以说是心满意足。如果您的行程不是很紧张的话，希望您也能去亲身体会一下这个烹饪课程，真的是物有所值。

泰国咖喱中加入大量的椰奶，口感绵滑，香喷喷的。

在拥挤狭小的摊铺厨房里做菜的阿姨。

瞬间完成！油亮亮的美味炒饭。

泰式早餐

　　清晨早起，洗漱穿衣，带上钱包开始出门闲逛。虽然很多宾馆和旅店都是提供早餐的，不过既然来到了泰国，就一定要尝尝泰国本地人吃的早餐。

备受欢迎的豆乳维他奶

甜甜的
香香的

读作"Wai da mil"！

261

哎呦，这么快就看到了一个个路边摊！一阵阵香气扑鼻而来，周围聚起了不少人。原来是在炸一种几股扭在一起的面点，叫做泰式油条，把揉好的面薄薄地、长长地摊开，然后用金属做的一把小小的铲刀切开，放入油中煎炸，外面酥酥脆脆，里面绵绵韧韧。可是一大早起来，空着肚子就吃这么一个油炸食品，胃里会不会有点不舒服啊？还是要来碗浓

热腾腾、甜蜜蜜的泰式豆浆来一碗。

浓的、清淡的泰式豆浆，还热气腾腾的！泰式豆浆在做的时候要像做豆渣一样，把豆子在水里泡好，细细研磨之后，把汤中的豆

把泰式豆浆这样装在塑料袋里带走。

渣淘出去，然后把汤煮沸。喝的时候，人们一般会在里面撒上很多糖；或者什么都不加，直接喝也很美味；有时候还会加入玉米粒、煮熟的大麦、豆子、木薯粉等食物，像平时吃牛奶中的谷物那样捞着吃。当然，还有人拿油条蘸着豆浆吃。说起来，泰国人非常喜爱豆浆。如果去便利店看看，就会发现豆浆的种类甚至比牛奶还要多。

大早上的干吗要吃炸油条喝豆浆啊，早饭早饭，一定要吃饭啊！如果您抱有这样的想法也没有关系，会有泰国的阿姨起早贪黑、不辞辛苦专门为您准备美味的盖饭。在这里，我要强力推荐我本人最喜欢的泰式猪蹄盖饭！猪蹄做得肉质绵软，而且丝毫没有奇怪的味道。用餐刀把连着皮的肉切下，放在热气腾腾的米饭上，淋上一勺调好味道的汤汁，再加上略微炒过或者焯过的青菜。还可以在汤中加上煮好的鸡蛋。因为肉已经做得非常软，用手指撕几下就很容易碎，将其拌入饭中，再把辣椒在醋里泡制好，做成酸酸辣辣的调料，拌在饭里……啊啊，我到底是在泰国还是在韩国奖忠洞（Jangchung-dong）的猪蹄料理一条街啊！

此外，您还可以叫上一盘分量十足的炒饭，享受一顿丰盛早餐！在泰国，炒饭被叫做 Khao Phat，根据加入食材的不同，菜名也会有所变化。在东南亚地区，鸡肉和猪肉的味道要比牛肉好。既然来到这里，就要选择当地最好的食材。如果您觉得炒饭

泰式豆浆也可以外带。

配上酸酸辣辣的调料吃的猪蹄盖饭，
强烈推荐！

餐厅里必备的调料：辣椒粉、鱼露、
腌辣椒等等。

里会加很多油，一大早起来就吃未免油腻，也不用担心！泰国大米不是很黏，软硬适度，在翻炒时还会加入鱼露调味，这就去除了炒饭的油腻。正如韩国人热爱泡菜、辣椒酱、大酱这些发酵食品一样，泰国人非常喜爱发酵类的调味品。除了鱼露之外，他们还会把泰国朝天椒切得碎碎的，做成鱼露辣椒加入炒饭里，叫人辣得大呼过瘾。

好啦，享用了一顿丰盛的早餐，可以开始愉快的行程了！

非常熟啦！番木瓜红色的果肉非常诱人

新鲜的西瓜
秋冬吃！

甜蜜的山竹夏
天吃。

气味奇特的榴
莲春夏吃。

热带水果也要在当季吃才好吃！要事先留意！

水果天堂

　　为了这趟东南亚之旅我不断摩拳擦掌，发誓一定要把所有热带水果都饱餐一顿！在泰国，全年各式各样的热带水果一应俱全，而且物美价廉。来到泰国，就要挑战那些从未尝过的新鲜滋味！

柚子和番木瓜要冬天吃。

芒果在春夏吃最美味。

认真学习的状态

　　让我们先从号称热带水果之王的这一位开始吃起——让人又敬又怕的榴莲！巨大的果实上布满了尖锐的突起，气味嘛，应该说像熟透了开始发烂的洋葱的味道吧。用刀切开，露出黄色的果肉。那果肉有一种独特的质感，仿佛粘在嘴上，味道非常浓厚，让人感觉好像不是在吃水果，而是在吃肉。吃过榴莲，浑身上下

无论去哪里，泰国都是水果乱溅的人间天堂。

类似于柠檬和甜橙的水果，看着就酸！

口感很好的

都涌动着一股热流。也许正是因为如此，人们都说吃榴莲对男性很有好处呢。不过，因为榴莲性偏热，如果吃的时候喝酒，就可能会出大问题，大家一定要小心。

　　人与人不同，各自的喜好也不同。怎么样？您是征服了榴莲还是被榴莲征服了呢？接下来我们就要品尝让所有人皆大欢喜的甜蜜水果：山竹。山竹又被称为水果之后。山竹表皮是黑紫色的，只有一个小孩拳头大小，圆溜溜的。掀开果蒂，用手指用力按着，拨开厚厚的果皮，就可以看到里面像蒜瓣一样的白色果肉。甜蜜的味道，女性化的香气，山竹那独特的魔力让人吃过之后停不住口。

　　菠萝蜜乍一看颇像榴莲，但是身上却没有尖尖的突起，所以可以很快地把二者分辨开来。在泰国街头，可以看到很多摊贩手脚灵巧地用刀把菠萝蜜的果皮剥开，剔出黄色的果肉，嚼一口，

圆圆的柚子，比葡萄柚更大。

也有只卖柚子果肉的。

269

当然要吃菠萝！特别黄，
特别甜。

青芒果如苹果般酸酸脆脆的。

泰国橘子，直接吃、榨
都很好。

甜甜的，味道好极了。还有红毛丹也备受欢迎。红毛丹只有乒乓
球大小，颜色鲜红，长满了毛。用手把薄薄的、韧韧的果皮剥
开，露出洁白透明的果肉，整颗放进嘴里嚼一嚼。哎呀，好吃！
还有那大大圆圆的水果——柚子也不能不提。柚子分两种，一种
果肉是黄色的，更酸一些，味道更浓；另一种果肉是粉红色的，
味道稍淡些。还有甜甜的芒果，味道寡淡得好像在蒸熟的胡萝卜
上洒上糖霜的番木瓜，插上一根吸管就可以大口大口喝的椰子，

外表奇特、味道零淡的火龙果。

街上的摊贩们把水果剥去果皮，用冰冰上卖。

看上去像土豆、味道却像甜柿子的人参果，等等。此外还有各种各样叫不上名字的热带水果。泰国就是这样一个水果天堂，吃吧，吃吧，多吃一些！

鲜榨果汁真好喝啊。

西瓜汁、芒果汁都很美味。

271

"Rotti Mataba" 餐厅忙碌的厨房，正制作的咖喱薄饼。

甜甜的 ♥

脆脆的薄饼配上冰奶茶，味道好极了。

热腾腾酥脆脆的薄饼

　　薄饼这种东西不仅在泰国，在东南亚各国都经常可以看到。印度、巴基斯坦、斯里兰卡、印度尼西亚、马来西亚等地的人在吃饭时常常要配上这种薄薄的面点。人们把面粉和成糊状摊开，整个烤好，涂上辣辣的咖喱，像吃包饭一样吃。泰国人一般在吃早餐时享用薄饼。在曼谷街头经常能够看到这种特色面点。一般都做得咸咸的，蘸上辣咖喱卖，也经常加上甜甜的馅料作为甜点吃。在泰国，特别是南部地区，经常会吃这种薄饼。

曼谷的考山路（Khaosan Road）有很多自由行游客喜爱的住所、餐厅、酒吧，永远是一幅人潮川流不息的景象。在曼谷游客们自然可以乘坐出租车或是公共汽车游览市内风景，不过，我个人则更喜欢坐船四处游荡，这样似乎更有感觉。在去船只停泊场的路上都会经过一家叫做 Rotti Mataba 的小餐厅，是一家专门的薄饼店。餐厅在小巷里，店面看上去很简陋，在当地却颇受欢迎，连店外摆放的位子都会被人们坐得满满的。制作薄饼的时候会把黏黏的面团扯得宽宽的，放在锅盖似的饼铛上吱吱煎熟。因为是煎的，做的时候又多多地加了黄油，不用说就知道会比较油腻。其实，这薄饼无论是从外观还是从味道上来看都很像馅饼！它还可以加上蔬菜、咖喱一起吃，又或者配上黄油和炼乳，就成了一道美味甜点。薄饼便宜是很便宜，不过个头也很小，吃完了总会有意犹未尽的感觉。

　　除了去专门的店铺，还可以很方便地在街边小摊上买到薄饼吃。现在，就让我们去曼谷著名的札都甲周末市场（Jatujak Weekend Market）转转。这里各色吃食一应俱全！市场规模很

① 制作香蕉薄饼，先要切好香蕉，然后捣碎。
② 把面糊在饼铛上铺上薄薄一层。
③ 在上面放上香蕉和鸡蛋煎。
④ 这样就完成了！撒上甜甜的炼乳吃，最美味了！

逛市场的时候如果累了，就喝一杯鲜榨橙汁。

佛教用品很好。

还有衣服和首饰！

古董！

各种各样的宠物！

家具和瓷器。

万物俱备的札都甲市场，吃的东西很多。

大，有生活用品、衣物、宠物、电子产品等各式各样的商品。如果逛累了，不妨来点甜甜的东西恢复一下元气吧。去买香蕉薄饼吃！饼铛油汪汪的，一看就知道放了不少黄油和食用油。把面糊在上面薄薄地铺开，迅速地煎熟。做好的薄饼黄黄的，脆脆的，什么都不加直接吃就很美味。然后把香甜的香蕉用刀切成几段，捣碎，加在做熟的薄饼上，用锅铲灵巧地折成四方形叠好，然后把饼的前后两面都煎得金黄。把做好的香蕉薄饼用剪子剪成合适的大小，撒上炼乳和糖，就可以吃了。另外，还可以根据个人口味，再加上巧克力糖浆。甜甜的、热热的、脆脆的、油油的香蕉薄饼，让人怎能不爱！

冰冰的冰葫也备受欢迎。虽然知道它不是健康食品，不过又怎么样呢！

考山路名产：现做的泰式炒面。

旅行途中我的真实状态。

饭要吃，面点要吃，甜点也要吃。

一日十食

不胖不归

　　在泰国，街头巷尾、四面八方都是美味吃食，侧侧头就能看到，真不知如何是好。而且价格还都这么便宜，做的时候又加了这么多油，煎炸得酥酥脆脆的，全都是高卡路里食物！哎呀，不管了，减肥嘛，还是等回国之后再说吧。

大大的椰奶可丽饼，散发着椰奶的香气。

从什么开始吃起呢？就从可爱的迷你热蛋糕炼乳甜松饼下手吧。这家伙小巧得不像吃的东西，可以一口就吞下去，让人吃过之后总是有点意犹未尽。接下来是椰奶可丽饼，把煎饼面糊摊在热饼铛上薄薄铺开，煎得脆脆的，在上面撒上椰子肉做成的椰糖，再多多地加上椰子片和甜甜的白奶油，就大功告成了。韧韧的椰肉非常有嚼头，口感很好。泰国还有把甜得吓人的芝麻蕉放在火上烤熟做成的烤香蕉串，其实这道点心完全没有特别之处，就是把香蕉放在火上烤。香蕉只烤果肉的话会有些干涩，连着皮一起烤，烤熟后，里面的果肉就会像烤白薯一样金黄绵软。如果喜欢吃煎炸的东西，炸香蕉也不错。本来一味只是甜的香蕉，放在火上烤一烤或者炸一炸，竟会略略有些酸味，真神奇啊！

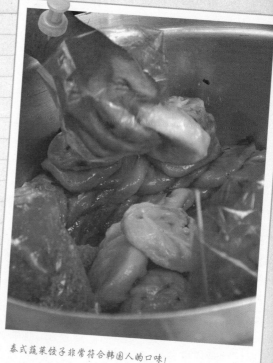

泰式蔬菜饺子非常符合韩国人的口味！

　　如果想来点咸的东西，鱼丸、烤鸡肉串、烤猪肉串都是泰国街头经常能见到的小吃。当然还有酥脆的油炸小食。特别值得一提的是在油中炸得脆脆的五花肉，看上去感觉应该很油腻，不过大概是因为肉里的油都被煎了出来的缘故，吃起来味道却很清淡，香喷喷的。啊？您说您更喜欢吃蔬菜？那来点蔬菜饺子如何？把韭菜、辣椒、甘蔗等拌在一起，做成大大的泰式饺子，再洒上咸咸的酱油汁，让人一看就有食欲。因为饺子皮是用米粉做成的，会像米糕一样黏韧，还微微有点透明。这种泰式饺子个头非常大，吃上两三个肚子就被填得饱饱的了。

　　喉咙发干了吧？我向您竭诚推荐现榨现喝的酸橙汁，小小的一瓶里装满了鲜榨橙汁。喝一口，炎炎夏日旅途中的疲惫全被这清新的果汁驱散得一干二净。还有椰汁，对于消渴和解除宿醉也颇有好处。这些天然饮料味道并不浓厚，却隐隐有一种令人欲罢不能的魅力。如果您想知道还有没有什么更清凉的，也可以去尝尝冰激凌三明治。这种独特的三明治是在汉堡面包中夹入两块椰子冰激凌，吃的时候要两手捧着吃。味道其实很普通，却很值得尝试一下。但是比起这个冰激凌三明治，我更想向您推荐泰式刨冰。用原料不明的草药汁做成的黑色果胶浇在搅碎的冰块上，散发着中药的味道。然后把绿豆、红豆用糖水炖好加进去，用粗黑糖一拌，就可以吃了。这

甜蜜爽口的刨冰，味道独特。

种刨冰在市场里经常可以看到。在这个人人汗流浃背的炎热国度，在人山人海的市场里，大口大口地吃着刨冰！虽然可能会被冰得浑身一颤，却是非常有意思的经历。

最具人气的甜点还要数芒果椰奶糯米饭啦，把椰奶和砂糖加入糯米中煮成饭，然后把熟透了的芒果甜甜的果肉挖出来拼在一起，在上面再浇上椰奶，就可以吃了。这道甜食我本人是非常喜欢，有的时候宁肯不吃饭也要吃它呢。

让人一吃就住不了口的芒果椰奶糯米饭！

不管是在高级餐厅还是在街头小摊吃，都很美味。

芒果椰奶糯米饭真是太棒了！

丹嫩沙多水上市场风景.

戴着草帽
坐船.

卖椰子的阿姨, 笑得很美!

令人抱憾的水上市场之行

水上市场，物如其名，正是在水上开的市场！这种市场开在狭窄的运河上，卖家和买家都要忙着划船交易，有趣极了。我本来就特别喜欢逛市场，何况是搭船逛，就更让人好奇了。不过曼谷大部分的水上市场距离市区都有两个小时以上的车程，要想一个人找过去那可是万分艰难啊！所以大部分的旅行者都会选择参加曼谷当地旅行社的半天行程去参观水上市场。在游客聚集的考山路上的旅行社中挑一家合适的，提前一天预定就可以了。虽说我喜欢一个人自在旅行，不过如果能偶尔这样搭帮结伙地游历一下，也是不错的经历。

　　丹嫩沙多水上市场（Damneun Saduak Floating Market）是曼谷附近规模最大的水上市场。换乘长长的木船，开始泛舟运河之上，狭窄的运河两侧全是住宅和商店，商店里卖的基本上是热带水果、农产品、生活用品还有旅游纪念品等。在清晨时分，这里会被当地人挤得水泄不通，不过到了现在这个时候，河上基本上就只剩下异国游客了。虽然我是一心想看"真正的市场"，不过真的是心有余而力不足啊。还是用美食来慰藉我遗憾的心灵吧！色彩华丽漂亮的热带水果第一个抓住了我的视线。泛舟河上，捧着椰子，喝着椰汁，这感觉还不错。还有那种仿佛是专门为游客准备的小果盘，把各色水果各装一点到盘子里，摆放得漂漂亮亮的，一下子就抓住了游人的目光。除了水果，船上还会卖炒得油汪汪的炒面和爽口的米粉，都是极品美味。还有用手举着就能吃的肉串，简单方便。加入了椰子粉的甜甜的泰国传统点心，也都是人气十足的食物。商贩们把客人点的吃食装在塑料袋里，挂在船桨上递过来递过去，那样子有趣极了。

① 下了小公共汽车换乘船前往市场。
② 游客云集的水上市场，不知不觉间变得人山人海，有点没意思。
③ 何止如此，还有面条卖呢。加上这样那样的菜码来一碗！
④ 烤串煎得嗞嗞作响，船上还真是什么都卖。
⑤ 在船上做好的食物是这样递给客人的。

　　人们都在感慨，现在的水上市场越来越像旅游景点了，这未免给人留下些许遗憾和伤感。但乘船旅行中一路走过的，都是风景，也算不虚此行。

如果想选择一天半天的行程，可以去游客云集的考山路，那里有无数旅行社。

　　价格便宜。

虽然不能让人百分百满意，不过价格还算便宜。

忙乱的市场里堆满了各种蔬菜和水果。

忙碌中还心情大好地向我送上微笑的
帅哥，很高兴认识你呦！

兴高采烈的传统市场之行

　　水上市场一行因为市场已经被发展成了旅游景点而满心遗憾，那就去当地人最喜欢的传统市场安慰下受伤的心灵吧！曼谷市内有好几处大大小小的传统市场，如果有心，可以徜徉其中，尽情游览。

从客船靠岸处出来，走进运河边一条狭窄的小路，很快就能找到一家传统市场（Thewarat Market）。入口处就有卖鲇鱼的，还在活蹦乱跳的大鲇鱼力气很大。市场里卖的鸡蛋也都非常新鲜，看上去好像是母鸡刚刚下的。蔬菜的样子和韩国的有些许差别，连姜啊洋葱啊这些东西都各不相同，很有意思。炎炎夏日，一块块猪肉就这么被丢在湿漉漉的木板上，会不会太不卫生了啊？发酵调味品和各种鱼露，看着又像大酱又像辣

我可是大长今的粉丝，喝一杯吧！

椒酱，亲切又熟悉。哇，这是鸡爪吗？用调料腌得辣辣的，下锅一炒，让人忍不住怀念起烧酒的滋味。正在这么琢磨着，市场里

的大叔们冲我挥手了，他们大声地招呼道：小姐，看这里，这里！来尝尝泰国的啤酒和威士忌吧！

接下来搭乘水上渡船，很快就会有扑鼻的香气迎面而来。这里是花的海洋——帕库科隆集市（Talat Pak Klong）。新鲜的花朵在高温下被插在冰中防止枯萎，充满异国情调的各种花艺装饰品四处可见。走过帕库科隆集市，紧接着就来到印度人聚居的街道。在这里，有辣咖喱做的简单小吃，还有吃一口能甜得人浑身发麻的传统印度糕点。简单吃点东西，再向前走，就来到了耀华力路（Yaowarat Road）。耀华力路是曼谷的中国城，在这里，到处是红底金字的招牌。金银铺、药材商，还有大大小小的中国餐馆，中间的小路上还有贩卖有趣小物件的摊铺。特

真好奇泰国人是怎样吃鸡爪的。

来来来，鱼很便宜的，错过了就买不到啦。

巨大的猪肉块也被店主麻利地分解开来。

中国城的市场，到处都是中式吃食。

水果干和药草干，还有很多鱼干。

各种调味品都被分装成小包装。

给点鱼嘛，猫咪的眼神分明传递着这样的信息。

别是这里的新市场（Talat Mai），有很多美味的中国食物，让人一走进市场就心跳加速。美味的饺子、月饼、一整只烤得脆脆的鸭子！索性在这里吃完晚饭再走吧。在门前排起长龙的云吞面馆里呼噜呼噜吃碗面就好，去附近的点心店里买各式的点心吃也不错哦。

船费是这样收的。

亲切的车长阿姨端着箱子收费。

装满硬币

纸币

曼谷街头汽车尾气缭绕，去参观水上市场时还是坐船去吧。

兴高采烈的地区节庆，快跑去看看！

哇！小猫！

喵。

性格很好。

漫步在曼谷街头，经常能遇到慵懒的猫咪。

地区庆典开始啦

　　您喜欢怎样安排旅行呢，是把日程安排得满满的，每天都过得很充实，还是喜欢漫无目的地四处闲逛？我嘛，经常会把旅行的日程安排得很紧。清晨一早就起床，夜深了才回到住处，拼了命想去见识各式各样的新奇事物。这样度过充实的一天，感觉很有收获。最关键的是，想吃的东西每一样都吃到了！不过呢，如果能在旅行中拿出一天的时间，漫无目的地东游西逛一番，也是个不错的选择。悠悠然坐在咖啡店里品品茶，喝喝咖啡，见到条小巷就进去转转，就这样，也能出人意料地度过愉快的一天呢。

偶尔信步闲游一番也很有趣。

　　就这样，我拿出一天的时间，用这种慵懒的心情漫步在曼谷的大街小巷。喜欢搭水上渡船就迷迷糊糊地走一段水路，随便在哪个客船靠岸处下船，挑一条运河边窄窄长长的小巷钻进去。哎呀，巷子里居然是棚户区，长长的，一眼望不到尽头。狭窄的小路两旁是破旧的住宅，就算不特意窥视也能一眼看到里面住家的生活起居。不知为什么，一种窥探别人隐私的罪恶感油然而生。于是我匆匆加快了脚步，谁知这里的居民们却很友善地送上微笑。心地善良、心胸宽广的泰国人，你们真好！

　　这样信步闲游，一路走着，来到了运河上游的大路上。不知从哪里传来了一阵烤肉的

煎鸡蛋中加入了椰子和豆芽。

香味。啊，马路对面好像
有什么热闹看哦！大步流
星过了马路，哇，原来是
这个地区在举办庆典！说到
底，所有庆典最精华的部分
不都在于吃吗。在这个地方，
我发现了加了椰子和绿豆芽做
出的滋味美妙的蛋包饭，各种
简单便捷的烤串，小巧可爱的
炸鹌鹑蛋……还有各式炸虫子，
看着害怕却又让人心生挑战之
意。多种多样的点心，让人想起
气味、味道都很甜美的玉米饼。啊，
这里到处都是别具特色的小吃，让
人用语言一时难以说清。是先吃还
是先逛呢？这一刻，我所有的精神
都集中在了这两个问题上，其他所
有的事情被抛诸脑后。一时间连
这游乐场入口到底是在小巷的尽
头，还是在那个广场的角落里，
我都不记得了。

用牡蛎和红蛤做的煎饼也很受欢迎！

庆典小吃之花：烤串。

日本

满是各种海鲜，而且收拾得非常干净，让人印象深刻。

离不开饭呦。

用黄瓜做成的脆脆的日式泡
买了小包装的带回去送人不错

京都的厨房：锦市场

　　日本有很多值得一游的地方，可是每次去我却总是要去关西地区，去京都、神户、大阪这些著名的城市。您问我关西地区有什么这么吸引我？自然是因为那里有着数也数不尽的美食了！在日本有句老话，"吃死大阪，穿死东京"，说的就是大阪四处都是美食，而东京遍地都是美丽的传统服装和工艺品。在大阪地区，有拉面、章鱼丸子、什锦煎饼等著名小吃。不过随着历史悠久的老店一家一家逐渐走向衰落，大阪地区的传统特色也在逐渐削弱，颇令人感慨。与之相对的，京都地区的传统名店却还都静静地保留着地区的特色。让我们去那宁静的城市——京都一探究竟吧！

锦市场（Nishiki Market）被称做"京都的厨房"，有着 500 年的悠久历史，是关系着京都人菜篮子的地方。在古代，这里只是个卖鱼的鱼市，不过到了今天，却能在这里买到各种吃食：水果、蔬菜、腊肉，各种小菜、腌菜，等等。当然了，这其中也包括鱼。锦市场整体是一条 400 米长的狭窄小巷，两侧密密麻麻的都是店铺。虽说从早上 7 点这里就开始营业了，不过在那个时间段，市场里还是非常冷清，倒不如八九点左右来比较好。对啦，这里的很多店铺都会选在星期三休息，所以如果要参观锦市场，最

开业前，先把店铺收拾得干干净净！

日本的炊具有的与韩国的很像，有的又不像。

好避开休息日。

　　400米长的市场里遍地都是美食！首先映入眼帘的是日式泡菜专卖店。日式泡菜会把萝卜、香瓜、竹笋、茄子、南瓜等各式各样的蔬菜泡得酸酸的、甜甜的、咸咸的。泡菜专卖店还会把泡菜分成一份一份的，精细地包装起来。这样一来，这东西买回国去送人就最合适不过了。在店里，还可以尽情试吃哦，要不要来尝尝？追随着香味一路找寻过去，原来是刚刚炸好出锅的鱼丸和酥脆的炸丸子，看着就让人垂涎三尺。吃了这东

① 技艺高超的大厨灵巧地把鸡蛋卷做好，可是不便宜呢。
② 锦市场里可以看到新鲜芥末。
③ 摆满各式小菜供人品尝的柜台，再有一碗白饭就好了。
④ 长得像树一样的东西就是整条的腌鲣鱼。

西，不由想叫瓶啤酒喝。用竹签穿起的鱼片也不错，金枪鱼生鱼片切得厚厚的，章鱼则简单焯一下就捞出，吃起来口感韧韧的。把这两样东西用又咸又酸的调料拌好，穿在竹签上，举着边走边咬着吃，感觉好极了。好吃的东西又何止这些！专门卖鸡蛋卷的店铺可不能略过不提。大师傅站得腰杆笔直，一脸严肃地卷着鸡蛋卷。那姿势可真帅气！不过一个鸡蛋卷卖得这么死贵死贵的就不太好玩了吧。吃了不少咸的东西，也来点甜的东西尝尝吧。在长长的市场街尽头是豆腐专卖店，那里的名产豆乳甜甜圈可是一绝。小小的一只，吃起来口感清淡，一点都不油腻，让人吃了一个就停不住口。索性连豆乳冰激凌也点来一起尝尝吧，真是美味啊！

　　离开市场之前再去糕点铺看看吧。我选好了包装精美、味道甜蜜的和果子，又挑了几个炸糕、羊羹包好带走。哎，说不定在吃饭之后会把这些当做饭后甜点吃掉啊。

试吃三步，大家都必须要遵守。

这群洁癖患者！

305

小菜店里的家常小菜，最终会被摆到哪户
人家的餐桌上呢？

我们也很熟悉的小菜，
鳀鱼炒花生。

清淡的小菜家庭料理

在旅行的途中，经常会热切地怀念起家常菜的味道。坐在华丽的餐厅里优雅地用刀叉享受美食固然是人生一大乐趣，但是我还是离不开家常菜！

京都人平时都吃什么小菜呢？京都的
家常小菜是用当季食物制作而成的，非
常健康。在锦市场这样的大型市场或是
在百货商店的食品柜台，都可以看到各式
家常小菜。买的时候，经常可以各挑少量
拼在一起买走。煮豆子、炒鳀鱼这些我们熟
悉的视觉系小菜很多；用京都特有的高档蔬菜
"京野菜"制作的小菜也不少。所谓的京野菜，有又大又圆的茄
子，巨大的圣护院萝卜，像胡萝卜一样长长的、像彩椒一样又大
又甜的辣椒，等等。这些样子奇特、味道鲜美的京野菜装点了京
都人的餐桌。

　　京都市内有很多餐厅在午餐时间提供家常小菜自助，不过我
对锦市场附近的一家餐厅（松富や壽いちえ）情有独钟。这家餐
厅距离锦市场很近，徒步也就 7 分钟的距离，逛完市场之后溜溜
达达走过去就可以。我端着圆圆的盘子，站到了京都小菜面前。
哎呀呀，好丰盛啊。小菜的种类大概有十五六种，大部分都是清
淡的蔬菜，不过也有为我这样的肉食主义者准备的炸鸡、鸡蛋卷

和煮鱼等等。清淡爽口的野菜、京都特产水豆腐、纳豆，这些更是必备。满满地盛上一碗白饭，呼噜呼噜喝上一碗酱汤。就这么吃一顿午饭，一下子能品尝到普通日本家庭一个月的菜色，真让人心满意足！因为京都家常小菜基本都是以蔬菜为主的健康食品，油都加得很少，放开肚皮吃也没有关系，不会给人造成心理负担。

如果荷包宽裕的话，也可以去家气氛更好的餐厅，喝杯酒，把京都家常小菜一道一道点来品尝一下。让我们去高级白领们聚集的狭长小巷"先斗町"看看吧，在这里还可以偷看艺伎姐姐们迈着小碎步姗姗而去的背影。在先斗町有一家居酒屋，坐在这里的吧台前，用酸酸的醋浸章鱼开开胃，然后就动手点这样那样的

京都家常小菜下酒也很好。一杯啤酒一饮而尽！

碟子里装满了各式小菜，都是清淡的健康食品。

馋了吗？想发脾气吗？去旅行吧！ ✈

家常小菜。因为每样量都很少，所以多点几道也没有问题。野芝麻酱拌菠菜，香喷喷的很好吃。用汤汁焯熟的空心菜非常清淡可口。酥脆的炸虾不用说更是绝品，配上生啤，真是享受。不过这些菜色中我最喜欢的还是豆腐皮。把豆乳煮沸，取上面凝固了的部分来吃。滑滑的触感、清淡可口的味道，美妙极了。人们都说京都传统饮食中最吸引人的部分就是豆腐和豆腐皮，真的是有它的道理。

坐在榻榻米上安静地用餐。

喝吧, 喝吧, 多喝点! 愉快地品尝清酒!

酒心馆酿酒厂的职员向我们展示传统玩具.

清酒飘香万里行

　　烧酒、啤酒、米酒、清酒、葡萄酒、二锅头、梅实酒、白兰地……在这各式各样的酒中，您喜欢哪一种呢？我嘛，特别喜欢葡萄酒和日本清酒。这两种酒又分为很多类，每次开瓶时都会满怀期待。当然，有的时候也会遇到不合口味的，这时候就会捶胸顿足，心疼自己白白花掉的钱了。可是如果恰恰挑到自己喜欢的口味，那种开心啊，别提了！

日本清酒真好，
种类多样，味道
更多样。

喝

太棒了。

来到日本，就要痛饮当地物美价廉的清酒了。不过只是喝酒还是有点意犹未尽吧，那就去酿酒厂看看吧！从大阪出发，搭乘火车，四十多分钟就到达了滩五乡（Nadagogo）。这里从 18 世纪后半叶开始就作为清酒酿造业之乡名扬四海。清酒是用优质大米

认真看好酿酒厂地图！

白鹤酿酒厂的清酒博物馆。

据说，米扬得的酒就越高级

和清澈的水酿造而成的，滩五乡地区是著名的粮食产地，因此清酒酿造业自然发达。

　　悠闲地搭乘地铁，在住吉（Sumiyoshi）站下车，出站没多远就是白鹤酿酒厂。这是家大企业，生产的清酒也向韩国出口。在高大林立的工厂建筑间，沿着小路一路前行，就来到了宁静的清酒博物馆前。在这里，从挑选酿酒原料大米和水开始，把捣米、发酵、筛米等酿造过程用视听资料和模型整理出来，向我这样的清酒门外汉一一展示，进行深入浅出的讲解。酿制清酒的大米被捣得越细，酒的品质就越好。小小的一粒米被碾了又碾，变成一半大小，这样才能酿造出高级清酒。日本清酒像葡萄酒一样，为了尽量好地保留酒的原味，要保存在阴凉不见光的地方。

博物馆里逼真的模型。

对皮肤也很好，这里也在卖各种化妆品。

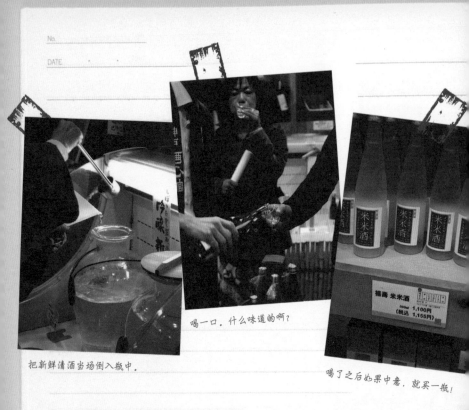

喝一口，什么味道的啊？

把新鲜清酒当场倒入瓶中。

喝了之后如果中意，就买一瓶！

　　出了酒厂，再走两站地左右，就到了西宫站。这一次让我
们去酒心馆看看吧。如果说刚刚参观过的白鹤酿酒厂是大工厂
大企业，干净整洁，酒心馆里就是一派传统而又趣味盎然的景
象，就像熙熙攘攘、人头攒动的地区节庆现场。已经有了几分
醉意的人们相互点头注目示意，全心全意地陶醉在美酒之中。
还可以买到各色下酒菜配酒，也可以挑选别有风情的酒杯酒壶
买走。如果事先预订好的话，还可以品尝到搭配不同食物的不

心馆酿酒厂的下酒菜柜台。

还可以要关东煮和饺子这种简便小食。

同口味的清酒套餐呢。

　　唉，大白天的就已经一身醉意、心情大好了。出了酒心馆再走几站地就是神户。很近吧？去看看神户到底有什么好吃的东西吧。

真好。

都给我！

喁

南京町的象征长安门，看着就让人心跳加速！

备受欢迎的中华拉面，席地而坐吃上一碗吧。

香飘美食街：南京町

　　神户市中心的神户元町商业街是一个独特的地方，在那里日本传统的果子店和华丽的法式蛋糕店共存。可以点上一杯绿茶，品尝那精致典雅的日本传统和果子；也可以尝尝那甜得叫人喷血的红豆汤，吃点咸咸的煮海带；又或者端起精美的茶杯，品着香气扑鼻的红茶，配上一块缀满水果的蛋糕。

独特的器皿，小巧可爱的纪念品，煎饼之类的传统小吃，在神户元町商业街到处都是这些引人入胜的东西。不过如果您希望一享购物之乐，还是让我们去神户的中国城——南京町转转吧。南京町就在神户元町商业街隔壁，入口处竖着一个巨大的、红色的中式门，上书"长安门"三个大字，非常显眼。过了这道门，四处都是卖美食的店铺、摊铺。一句话以盖之，算是中国美食一条街吧。辣得过瘾的中国拉面，门前排起长队；刚刚炸好的脆脆的鸡肉串，让人忍不住动了喝几杯酒的念头；拳头大小的中国包子，里面的馅料满满的都是猪肉和韭菜；北京烤鸭要用软软的、薄薄的饼皮裹起来吃；糯米饭则黏黏的，用竹叶或是荷叶包着；中国人中秋节吃的传统食品月饼甜美可口；还有香气扑鼻的奶茶，等等。南京町虽然有好几处大大小小的中国餐厅，不过还是四处买些这样那样的小吃、边走边吃比较有意思呦！

　　咬着吸管，喝着加了很多椰果的奶茶在街上闲逛。突然，我停住了脚步。哦，看看这门前排起的长队，这家店卖的一定是什么好吃的东西！这里就是专卖猪肉包子的名店"老祥记"！

① 用竹叶包好的糯米饭非常黏。
② 炸鸡肉串叫人吃了就想叫杯啤酒喝。
③ 去中华料理店中坐下来吃顿饭也很好。
④ 各种各样的点心，都很美味。

南京町的名产：老祥记的猪肉
包子，肉汁满满的。

1915 年开店至今，老祥记几乎一百年如一日的，每天都在包着包子。据说这家店每天要包 12000 个包子。这么多包子不到下午五六点就会被一抢而空，是不是很惊人啊？圆圆的猪肉馅包子，味道微咸，不用蘸酱油就可以吃。外面的面皮软绵绵的，里面的馅料散发着浓郁的猪肉香气，泛着油光，配在一起简直绝了。

　　神户的中国城南京町，在这里，不仅有美味的食物，还有很多中国杂货店。在里面逛一逛，买一些独特的餐具、奇特的食材、中国风的装饰品，都是不错的选择。还可以买到像模像样的中国传统服装哟。绸缎做的中式旗袍超级性感，开衩一直到大腿根，要不要买一条啊？

连骨头一起吃的烤麻雀，实在是太小了

没肉啊
没肉。

咯吱咯吱

对于我这张大嘴来说，还是肉比较多的鸡鸭比较好。

让人冷汗直流的烤麻雀

　　京都、大阪、神户、奈良，在这样知名的城市游览之后，这一次，让我们去幽静安宁的乡野小城看一看吧。

在京都近郊，有很多气氛又好、美食又多的小城。从京都站出发，搭乘 JR 奈良线，两站地后下车，就到了稻荷车站。这里是京都南部的深草地区，能看到美丽幽静的稻荷山山顶。从车站出来，一路走来，很快就能看到散发着红色光芒的神社。这里就是"伏见稻荷大社"，这座神社有着 711 年的历史。稻荷神是保佑五谷丰登的神明，不只在深草地区，日本全国都信奉稻荷神，祈求他保佑一年到头能够风调雨顺。稻荷神不仅能保佑农业昌盛，还能保佑生意兴隆。因此，每到节日，寺庙里就会聚集起来自日本各地的香客。在日本全国，有四万多家神社供奉着稻荷神。在这其中，伏见稻荷大社是总社本宫，香火也特别旺盛。不过除了节日，这里平时总是一片寂静，倒是个悠然散步的好地方。

特别值得一提的是，神社后面有一条路，一直延绵到稻荷山上。这条路上有一个非常著名的景观，被称为"千本鸟居"！信徒们捐钱祈福，用这些钱修了一道道红色的大门，被称为"鸟居"。就这样，修了一道又一道，不知不觉之间已经修筑起了数千道大门。这一条鸟居之路足足要走上两三个小时，整条路一片红色，望也望不到头。让人一眼望去不由打了一个寒颤。这，这不会一直连接到黄泉之路吧？哈哈。

一眼望不到头的千本鸟居，隐约有点阴森。

据说，狐狸是稻荷神转世。在神社里，四处竖着狐狸雕像，还可以买到狐狸玩偶、狐狸木雕等一些可爱的纪念品。当然啦，还有一些做成狐狸模样的点心、糖果，等等。不止这些，在附近的餐厅，还可以吃到用狐狸最喜欢吃的油豆腐做的油豆腐乌冬面和油豆腐寿司。特别是油豆腐寿司，日语称做稻荷寿司，正是由伏见稻荷大社得名。每次吃的时候，我都会想起这个寂静的地方。

狐狸模样的大大的煎饼。

肚子饿了，我是不是也该吃点什么了？我的选择是这

正在上演独特的宗教仪式。是在祈福吗？

不过真正的特产却是烤麻雀。面相
善良的小伙子专门为您烤制。

烤鳗鱼盖饭，鳗鱼厚实，酱汁甜咸，
绝对美味。

狐狸喜欢吃的油豆腐乌冬面，呼
噜噜吃上一碗。

个地区的名产——烤麻雀。我走进了位于神社前商业街的一家烧烤店，门前正燃起炭火，烤着麻雀和鳗鱼，十分显眼。滋啦啦，滋啦啦，这两样东西看上去都很香。这种时候各点一样就对啦！烤鳗鱼盖饭散发着酱料的甜味、炭火的香气，鳗鱼肉质又肥又嫩，泛着油光，味道好极了。烤麻雀又怎么样呢？我鼓足勇气咬了一口，腥气扑鼻而来。味道要比鸡鸭浓重，而且因为个头小，在吃的过程中吐骨头也不是件容易事。人们说，吃烤麻雀就要连骨头都一起嚼碎吃掉。不过对于我这种不习惯这种吃法的人来说，吃麻雀就是件非常麻烦的事情了。哎呀，还是再吃碗油豆腐乌冬面吧！

小城伏见，很适合在此悠然散步。

苦涩的抹茶和甜蜜的绿茶青团，搭配着一口吃下去！

乘车卡在手，万事无忧。

火车、公车、地铁，全都 OK

在关西地区旅行时一定要准备好。

宇治地区是古代考察的休闲胜地，是福运之地。

去宇治喝绿茶

小城宇治位于京都和奈良之间，从京都车站出发，搭乘JR奈良线，大约20分钟之后，即可到达宇治。幽静恬淡的宇治是个非常适合漫步的地方，这里曾经是平安时代日本贵族们最喜爱的休闲胜地。春日里樱花灿烂，夏日里水菊摇曳，秋日里丹枫似锦。时光如水，岁月如梭，真是个游玩的好所在。

小而安静的地方，真好。

宇治茶现在已经成为了日本高级绿茶的代名词。大概在距今八百多年前，有一位叫做荣西的法师，东渡到了中国，那时正值宋朝时期。后来这位荣西法师把优质的绿茶种子带回了日本，正当他踌躇着在哪里找一处气候风土都适宜的地方栽培绿茶时，他来到了京都南部的宇治地区。在这里试种了一下，结果绿茶生长得非常好。就这样，时至今日，宇治成为了日本著名的优质绿茶产地。

宇治茶初入口时味道苦涩，咽下去后喉咙却会泛起甘甜。我嘛，对绿茶不是很懂，不至于喝一口就激动地称赞"宇治茶果然名不虚传！"可是也能品出它的美味。一路上到处都是卖各种小吃、纪念品的店铺。最显眼的当然还要算是绿茶类的商品！绿茶茶叶、绿茶粉这些自不必说，绿茶饮料、冰激凌、布丁，淡绿色的绿茶荞麦面和乌冬面，各式各样的吃食应有尽有。一条商业街走下来，最后就来到了平等院前。这是一座有着近千年历史的寺院，保存得十分完好，它是宇治的标志性地区，也是联合国教科

真的呦！10 日元硬币上刻着凤凰堂！

不过还是要吃绿茶刨冰，里面混合了红豆和糯米。

文组织指定的世界文化遗产。不过大家为什么人手一枚硬币呢？我从钱包中掏出一枚 10 日元硬币。原来，硬币的背面刻画的正是这平等院的代表性建筑"凤凰堂"。

在平等院闲庭漫步一番，出来再走不久就到了宇治公园。这里正如我前面所说，春看樱花秋看丹枫，是个美丽的地方。宇治公园附近有几处茶馆，都有着悠久的历史。坐在这里喝喝茶，吹吹风，最是舒服不过。走进"通园茶屋"，这是一家有着 840 年历史的老店。点上一杯热气腾腾的抹茶，再要一份清淡的绿茶团

① 绿茶之乡的绿茶冰激凌很受欢迎。
② 可以品尝购买各种绿茶。
③ 宇治还是古典名著《源氏物语》
的背景地。

子。抹茶的泡沫打得满满的，是漂亮的深绿色，喝上一口，啊，怎么这么苦！可能就是因为苦才会特意搭配上甜到极点的点心一起吃吧。在日本，人们非常喜欢在喝茶时吃一些很甜的和果子，据说是要同时尽享甜蜜和苦涩的滋味。如果说这甘苦参半的滋味正是人生的味道也并不为过吧。顺便再点一份绿茶刨冰吧，冰凉的刨冰散发着浓郁的宇治绿茶香气，里面加入了甜甜的红豆和糯米，非常好吃呦。

铁板上烤得哝嗞作响的美味什锦煎饼！啊！

浓郁的猪骨拉面配上一碟饺子，再来一杯爽口的生啤。

简便一餐

急匆匆四处游走，急匆匆点菜，急匆匆胡乱扒两口饭，一天一天回环往复，这样快节奏的生活已经融入了我们的生命。不过既然出门旅行，就要摆脱那急匆匆的生活，享受一下悠闲的时光，慵懒地慢用一顿美味的餐点。这样的经历固然美妙，但有时候，吃好简便一餐也是一种享受。

物美价廉，最棒了。

喝

在日本应该要吃什么呢？如果您喜欢吃包子的话，可以马上跑到"551蓬莱"，大声催促他们给您上一份肉包子。这里的猪肉大包子热气腾腾，散发着浓郁的香气。大阪、京都、神户、奈良，在关西的各个地方都有"551蓬莱"大大小小的店铺。这家店的原则是所有的包子都要手工包制，绝对不添加任何添加剂和防腐剂，因此在食客中享有良好的声誉。此外，店里还有可以保存较长时间的冷冻肉包子卖。如果您去旅游的时候天气不是太热的话，甚至可以买上一袋带回国去。"551蓬莱"店还有一个知名产品，那就是甜甜的、散发着浓郁牛奶香气的棒冰。饱餐一顿肉包子之后，来根棒冰清清口吧！

铁板上烤得喝嗞嗞作响的美味什锦煎饼是充饥下酒两相宜的美食。把面糊和得黏黏的，依据个人口味加入不同的材料，放在铁板上烤得嗞嗞作响。现在，这什锦煎饼在韩国也成为了家喻户晓的美食。配上一杯生啤，令人发自肺腑地赞叹："啊，爽！"如果您有机会去京都旅行的话，可以去当地著名的只园街，找到那家有着古老历史的"壹钱洋食"，品尝什锦煎饼最原本的味道。在20世纪20年代，人们把葱切碎，加在面糊中，烤好蘸着酱汁吃。这就是什锦煎饼的前身。当然啦，时至今日，煎饼里加入了海鲜、肉类、鸡蛋等各式各样的材料，味道也更加浓郁。

如果您喜欢喝清淡的汤，那就要去试试日式拉面。像熬制高汤一样，挑选好猪骨，一直熬到汤都成了乳白色，就做成了一碗美味的猪骨拉面。如果觉得太腻，也没关系，再加一勺切碎

吃上一碗加了厚厚的叉烧的拉面，顿时备感幸福。

的蒜末。拉面有多种多样，把葱切碎了，在拉面上满满地撒上一层，那是香葱拉面；在拉面的汤汁中加入日本味噌，味道清淡爽口、味美绝伦，那是味噌拉面。各家店铺都会为自家的拉面起名字，所以名称可能会略有不同。还有加了大量辣椒粉和辣椒油、辣气逼人的拉面，以及加入了泡菜的拉面呢。食客们可以根据各自的口味自行挑选。还要记得点一份馅料里满是肉汁、表皮却炸得酥酥脆脆的煎饺！

如果您属于那种离不开米饭的人，也没关系，物美价廉的盖饭总会合您心意。在盖饭连锁店里，可以吃到牛肉盖饭、亲子

人们排起长龙来等候的人气百元寿司店。

24 小时营业的盖饭连锁店可以让客人以便宜的价格吃上一餐。

黏黏的糯米糕洒上甜甜的汤汁。

来上一碗日式红豆汤，甜得恐怖啊！

饭、炸大虾盖饭，等等。在日本各地，都可以轻松找到吉野家、松屋等盖饭连锁店。这对于旅游经费不足的游客来说可是天大的好消息。或者也可以去价格低廉的百元回转寿司店挑战一下自己的食量。一碟碟寿司在传送带上不停地转。这个时候，可要瞪大眼睛，挑那些看上去美味的抢过来！

　　是不是还有人像我一样，既要留出肚子吃饭，也要留出肚子吃甜点啊。其实，我可是那种宁可不吃饭也不能不吃甜食的人呢。举着长长的签子，上面穿着一个个可爱的、圆圆的糯米糕，边走边吃，实在是太美味了。糯米糕上有的浇了浓浓的一层红豆汤，有的洒上了酱油和糖稀混合的汤汁，那既甜蜜又浓郁的味道啊！这样吃上几个不同口味的米糕，肚子很快就饱了。还有偌大一个的大福饼，也是饱腹的美食。走进传统茶楼，点一杯绿茶，再点一份年糕红豆汤，就是一顿不错的美餐。日本的红豆汤要比韩国的红豆汤甜上 5 倍，甜得吓人！不过如果没有咸咸的拌海带和一杯绿茶相伴的话，也还算不得完美。